HARALD MARTENSTEIN, 1953 geboren in Mainz, ist Autor zahlreicher
Sachbücher und Romane, unter anderem »Ansichten eines Hausschweins«,
»Nettsein ist auch keine Lösung« und »Heimweg«. Seine Kolumnen im
ZEIT Magazin, in der WELT am Sonntag, im NDR und auf Radio Eins haben
Kultstatus. Er wurde unter anderem mit dem Henri-Nannen-Preis, dem
Egon-Erwin-Kisch-Preis, dem Theodor-Wolff-Preis sowie dem Medienpreis
für Sprachkritik ausgezeichnet und unterrichtet an Journalistenschulen in
Deutschland, Österreich und der Schweiz. Martenstein lebt in Berlin und in
der Uckermark.

Harald Martenstein, *Freuet Euch, Bernhard kommt bald!* in der Presse:

»Schrille Nacht: Martenstein, Deutschlands Großkolumnist, erzählt in
bekannter Lockerheit Geschichten aus der Weihnachtszeit.«
Hannoversche Allgemeine Zeitung

»Viel Sarkasmus zur Vorbereitung auf das Fest.« *Göttinger Tageblatt*

Außerdem von Harald Martenstein lieferbar:

Es wird Nacht, Señorita. Gedanken über die Beglückungen der Gegenwart
Alles im Griff auf dem sinkenden Schiff. Optimistische Kolumnen
Jeder lügt so gut er kann. Alternativen für Wahrheitssucher
Nettsein ist auch keine Lösung. Einfache Geschichten aus einem
schwierigen Land
Ansichten eines Hausschweins. Neue Geschichten über alte Probleme
Vom Leben gezeichnet. Tagebuch eines Endverbrauchers
Die neuen Leiden des alten M. Unartige Beobachtungen zum deutschen Alltag

www.penguin-verlag.de

Harald Martenstein

Freuet Euch, *Bernhard* kommt bald!

12 unweihnachtliche
Weihnachtsgeschichten

Mit Illustrationen
von Rudi Hurzlmeier

PENGUIN VERLAG

Der Verlag behält sich die Verwertung des urheberrechtlich
geschützten Inhalts dieses Werkes für Zwecke des Text- und
Data-Minings nach § 44 b UrhG ausdrücklich vor.
Jegliche unbefugte Nutzung ist hiermit ausgeschlossen.

Penguin Random House Verlagsgruppe FSC® N001967

1. Auflage
© 2024 by Penguin Verlag
in der Penguin Random House Verlagsgruppe GmbH,
Neumarkter Straße 28, 81673 München
© der Originalausgabe 2013 by C. Bertelsmann Verlag, München,
in der Penguin Random House Verlagsgruppe GmbH, München
Umschlaggestaltung: semper smile, München, nach einem
Umschlagentwurf von buxdesign, München unter Verwendung
einer Illustration von © Rudi Hurzlmeier
Satz: Uhl + Massopust GmbH
Druck und Bindung: CPI books GmbH, Leck
Printed in the EU
ISBN 978-3-328-11252-5

www.penguin-verlag.de

Inhaltsverzeichnis

Der Weihnachtsmörder, Teil eins

Kennen Sie die Geschichte vom Weihnachtsmörder? Ich meine, die ganze Geschichte? Dumme Frage, zugegeben. Das können Sie alles gar nicht kennen. Sie wissen höchstens, was in der Zeitung stand. Ich war dabei.

Wir haben die Sache damals nicht gleich an die große Glocke gehängt. Klar, die Delikte als solche wurden an die Presse gemeldet. Müssen wir ja. Aber beim Datum ist ein bisschen gemogelt worden, wir haben »an den Weihnachtstagen«, oder »an den Feiertagen« geschrieben, in der Pressemeldung. »An den Feiertagen hat sich im Kreis Herne ein Gewaltverbrechen ereignet«, so ähnlich haben wir es in den ersten Jahren formuliert.

Es war aber immer der Heiligabend. Jahr für Jahr.

Wir wollten den Leuten nicht die Freude am Fest nehmen. Deshalb haben wir gewisse Details im Ungefähren gelassen. Wenn man sich nur mal kurz vorstellt, es ist Heiligabend, die Familie sitzt schön zusammen, man singt, man isst Süßigkeiten, und man weiß, da draußen schleicht genau jetzt einer herum, der kuckt in die hell erleuchteten Zimmer rein, der sucht sich sein nächstes Opfer – nee, da vergeht einem Weihnachten. Das wollten wir den Leuten nicht antun, verstehen Sie. Vielleicht war das ein Fehler. Wir hätten die Menschen früher sensibilisieren müssen für die Gefahren des Heiligen Abends.

Als Ermittler war ich damals noch ein grüner Junge. Zuerst hat Bernd Buschmann die Leitung gehabt, dann kam die Grünbaum. Wir waren ein großes Team, zeitweise über dreißig Personen. Die Stimmung war gut, trotz allem, unter der Grünbaum vielleicht sogar noch besser als unter Buschmann. Die Fahndungsgruppe trifft sich bis heute manchmal auf ein Bier, meistens in der Adventszeit. Es kommt ja selten vor, dass ein Ermittlerteam so lange zusammenarbeiten darf. Besser gesagt, muss. Da entstehen Freundschaften. Ich habe in der Sonderkommission Weihnachtsmörder sogar meine spätere Frau kennengelernt, also, meine zweite Frau. Die Stimmung war gut, aber wir haben komplett im Dunkeln getappt. Passt zur Jahreszeit.

Wer tut so etwas? Wer ist so pervers? Was muss passieren, damit ein Mensch in solch ein Fahrwasser gerät? Das sind typische Fragen, um die es in einer Sonderkommission geht.

Spurensicherung plus Psychologie. Ein bisschen Wissenschaft, ein bisschen Instinkt. So heißt das Rezept.

Der erste Fall – wann war das? Späte Siebziger, glaube ich. Achtundsiebzig wahrscheinlich. Ein alleinstehendes Haus im Rheinland, die Opfer waren ein älteres Ehepaar. Tatwaffe: Lametta. Der oder die Täter haben die Opfer mit Lametta erwürgt. Das Lametta haben sie einfach vom Baum genommen. Da hing genug herum.

Kein Einbruch. Die Opfer müssen den oder die Täter

freiwillig ins Haus gelassen haben. In der Wohnung fehlte nichts. Sogar die Geschenke haben sie liegen lassen. Der Mann hatte seiner Frau eine edle Hautcreme geschenkt, sie ihm einen Rasierpinsel aus echtem Dachshaar und eine Flasche Kräuterlikör. Tja. Die vergammelt jetzt in der Asservatenkammer.

Die Spurensicherung hat wenig ergeben. Keine Fingerabdrücke. Auf eine Beziehungstat deutete nichts hin. Die Leute waren nicht reich. Es gab eine Tochter, erwachsen. Sie lebte in den USA und hatte eine Stunde vor der Tat angerufen, da war alles normal. Von Gästen war nicht die Rede. Die Kollegen ermittelten vor sich hin, wie das halt so ist, man checkt hier, man checkt dort, und nach Dienstschluss geht man nach Hause. Im Grunde war die Sache schon beinahe vergessen, als es wieder Weihnachten wurde.

Der Ort hieß Höxter, das weiß ich noch, diesmal war es eine Mietwohnung. Dritter Stock. Ein Ingenieur, Anfang vierzig, seine Ehefrau, Stenotypistin, die Eltern der Ehefrau, dazu eine Tante sowie der Lebensgefährte der Tante, ein arbeitsloser Tenor. Sechs Personen. Alle erstochen. Bei den ersten vier Opfern war die Tatwaffe die Christbaumspitze, die vorher oben auf dem Weihnachtsbaum gesteckt hatte. In dem vierten Opfer, dem Tenor, ist die Spitze abgebrochen, ein Produkt aus dem Böhmerwald, geschliffenes Bleikristall. Daraufhin haben die Täter mit dem Nussknacker zugeschlagen, der auch aus dem Böhmerwald stammte.

Den Anblick des Tatorts vergesse ich nie. Das war nämlich mein erster Einsatz im Weihnachtsmörder-Fall, damals ist die Sonderkommission gebildet worden. Unter Buschmann, wie gesagt.

Die Nachbarn hatten natürlich Geräusche gehört, Schreie, Getrampel und so. Aber an Weihnachten denkt sich dabei keiner was. Da gibt es ja öfter mal Streit in der Familie. Die Eltern der Ehefrau und der Lebensgefährte der Tante, also der Tenor, die verstanden sich überhaupt nicht, das hatte die Ehefrau den Nachbarn erzählt. Pech. Vielleicht hätten die Nachbarn sonst sogar bei der Polizei angerufen.

Buschmann hat sich dann nach ein paar Tagen an den Fall aus dem Vorjahr erinnert, der Lamettawürger, das war erst mal nur eine von mehreren Arbeitshypothesen, der Lamettawürger und der Christbaumstecher könnten womöglich identisch sein.

Es fehlte auch diesmal nichts in der Wohnung, es gab erstaunlicherweise keine nennenswerten Spuren, und das, woran man sich kriminologisch halten konnte, war eigentlich nur die ungewöhnliche Tatwaffe, die Christbaumspitze. Die Tatwaffe deutete auf ein spontanes Verbrechen hin. Wenn ich in eine Wohnung reingehe, um sechs Personen kaltzumachen, hey, da nehme ich doch, egal, wie wahnsinnig ich bin, eine Waffe mit und verlasse mich nicht drauf, dass die zufällig eine Christbaumspitze aus Bleikristall vorrätig haben. Andererseits sprach die Abwesenheit von Spuren für eine sorgfältige Planung. Ein Irrer, der im Blutrausch ist, hinterlässt Spuren wie ein Lkw, der in eine Baumschule brettert.

Kurz gesagt, nix passte zusammen.

Buschmann hat von Anfang an darauf beharrt, dass

wir auch in Richtung Einzeltäter ermitteln müssen. Da hat ihn zuerst jeder für verrückt erklärt. Sechs Opfer. Das kann ein Einzelner gar nicht packen. Niemals. Die wehren sich doch. Persönlich bin ich mit Buschmann nie richtig warm geworden, der war ein bisschen arrogant, mir hat die Grünbaum als Typ ehrlich gesagt mehr gelegen. Aber als Kriminalist war Buschmann erste Liga, das ist einfach so. Hut ab, Buschi! Wo immer du jetzt sein magst!

Also, ich fasse mal die folgenden Weihnachtsfeste zusammen. Eildurchlauf. Nur das Wichtigste. In Regensburg wurde ein alleinstehender Restaurantbesitzer, der an Heiligabend das Menü für den ersten Feiertag vorbereitet hat, mit dem Kopf in seine Weihnachtsgans hineingesteckt, rektal, Tod durch Ersticken. In Alzey hat es eine vierköpfige Gruppe von portugiesischen Gastarbeitern erwischt, in ihrer Baracke, im Glühwein war südamerikanisches Pfeilgift drin. Das wird übrigens aus Fröschen gemacht. Hochinteressante Tiere. In Kleve ist ein Pfarrer, der sich auf die Christmette zu Mitternacht vorbereitet hat, in der Sakristei am Adventskranz aufgehängt worden, mithilfe seines Beffchens. In Kiel haben ein paar Mittdreißiger gemeinsam an Heiligabend eine X-Mas-Party gefeiert, coole Sache, am nächsten Morgen waren die spurlos verschwunden. Wir haben eine volle Woche gebraucht, bis wir dahinterkamen, dass die, in Acryl gegossen, mit Glasaugen und angeklebten Bärten, als Krippenfiguren im Kölner Dom standen, ein bisschen versteckt. Das war logistisch schon eine Meisterleistung des oder der Täter. Später gab es einen Künstler, Damien Hirst, der das mit Schafen und Haifischen kopiert hat. Schafe, eine Kleinigkeit, unser Täter hat es sich da nicht ganz so einfach gemacht. Den Hirst haben wir übrigens überprüft, der hatte ein Alibi.

Das sind alles Schicksale, keine Frage. Ich will nicht den Eindruck erwecken, dass mir so was nicht nahegeht. Rein menschlich, sag ich mal. Aber als Kriminalist musst du objektiv bleiben, kühl und klar im Kopf. Da darfst du die Schicksale nicht an dich ranlassen. Klar, es kommt auch mal vor, dass man eine gewisse widerwillige Bewunderung empfindet für einen Täter, obwohl die innere Stimme sagt, stopp, halt, das ist doch ein Verbrecher. Wenn man Krimis liest, Henning Mankell oder wie sie alle heißen, vergisst man auch leicht, dass es da um Schicksale geht. Man denkt, es ist Unterhaltung. Aber es sind Schicksale, auch wenn sich das einer bloß ausgedacht hat. Der Mensch als solcher ist ganz schön abgebrüht, sage ich Ihnen.

Nach der Wende haben wir gehofft, dass der Weihnachtsmörder ein Phänomen der alten Bundesländer bleibt. Aber schon am 24. Dezember 1989 hat der Weihnachtsmörder in Schwerin einen ehemaligen Volkskammerabgeordneten und Kreissekretär, der am späten Nachmittag noch schnell einen Baum besorgen wollte, in die Maschine zum Baumzerhäckseln hineingestopft. Wir haben dann am zweiten Feiertag Reste von diesem Kreissekretär, darunter die Brille und mehrere Fußzehen, auf dem Schweriner Weihnachtsmarkt in der Soljanka gefunden – eine furchtbare Sache, wenn man mal drüber nachdenkt.

Jedenfalls hat der Weihnachtsmörder von der neuen

Reisefreiheit zügig Gebrauch gemacht. Er war wohl auch in den ersten Jahren richtig neugierig auf die Landschaften in den neuen Ländern. Auf Rügen hat er, ich glaube 1992, ein Touristenpaar aus Kevenich in etwa vierzig Geschenkpakete verpackt, die dann von der ahnungslosen Kreisverwaltung am Heiligen Abend im Obdachlosenheim an Bedürftige verteilt wurden. Im Erzgebirge hat er die Räucherstäbchen der Räuchermännchen mit bewusstseinsverändernden Drogen versetzt, und zwar in einem Skiort. Nirgendwo in Deutschland wird Weihnachten so intensiv begangen wie im Erzgebirge. Am ersten Feiertag war auf den Pisten die Hölle los. Das ist aber das einzige Mal gewesen, wo eine Tat relativ glimpflich ausgegangen ist, ein paar Dutzend Knochenbrüche und Gehirnerschütterungen, drei Männer, die aus den Gondeln gesprungen sind, eine Massenschlägerei unter Skilehrern, mehr war nicht.

Wir haben, unter Kollegen, in dieser Zeit immer selbstverständlicher vom »Weihnachtsmörder« gesprochen. Buschmann hat, wie gesagt, schon relativ früh, gegen den Widerstand unserer Vorgesetzten, die These vertreten, dass es sich um einen Einzeltäter handeln muss. Wenn es bei einer so umfangreichen und komplexen, lang anhaltenden und aufsehenerregenden Mordserie Mittäter oder Helfer oder Mitwisser gibt, dann wird unweigerlich früher oder später jemand einen Fehler machen, oder jemand wird sich verplaudern.

Inzwischen war die Öffentlichkeit voll im Bilde, dauerhaft vertuschen kannst du so was nicht. Und Sie wissen ja selbst, wie sich die deutsche Weihnacht verändert hat, seitdem. Die Bevölkerung geht davon aus, dass jeder Heilige Abend ein oder mehrere Opfer fordert. Die Wahrscheinlichkeit, dass man selber ein Opfer des Weihnachtsmörders wird, ist, statistisch gesehen, natürlich verschwindend gering. Bitte sehr, dieses Land hat mehr als achtzig Millionen Einwohner. Statistisch gesehen ist die Wahrscheinlichkeit deutlich größer, am Heiligen Abend von seinem Ehepartner ermordet zu werden oder an einer Alkoholvergiftung zu sterben. Aber der Mensch handelt nicht rational, an Weihnachten erst recht nicht. Am Heiligen Abend macht heute fast keiner mehr die Tür auf, wenn es klingelt. Studenten können sich nicht mehr, als Weihnachtsmann verkleidet, ein paar zusätzliche Euro verdienen. Die Besucherzahl der Weihnachtsgottesdienste ist um fünfzig Prozent gesunken. Die Kollegen von der Schutzpolizei schieben am Heiligen Abend Sonderschichten.

Das alles ist sehr traurig. Die deutsche Weihnacht, wie wir sie kennen, war einmal. Und der Druck auf unsere Sonderkommission ist dabei pausenlos gewachsen, das versteht sich von selbst. Buschmann ist von Jahr zu Jahr dünner und grauer geworden.

Was wussten wir über den Täter? Es handelte sich höchstwahrscheinlich um einen Mann, weil für einige der Verbrechen große Körperkraft erforderlich war. Die meisten Taten waren eine gewaltige Herausforderung für eine Einzelperson, gewiss. Aber wir mussten berücksichtigen, dass der Täter pro Jahr immer nur einmal zuschlug und ihm deshalb zwölf Monate Zeit für eine minutiöse Vorbereitung zur Verfügung standen.

Wir Kriminalisten glauben, dass man, um einen Täter zu fassen, zuerst einmal das Motiv finden muss. Einen möglichen islamistischen Hintergrund haben wir, nicht zuletzt auf Wunsch des Innenministeriums, gründlich geprüft und dann ausgeschlossen. Ein politisches Strickmuster war nicht zu erkennen. Der Pfarrer war in der CDU gewesen, der Kreissekretär war ein alter SED-Kader. Politisch war dieser Täter indifferent bis uninteressiert. Sonst hätte es ja auch, aller Erfahrung nach, ein Bekennerschreiben gegeben.

Die Taten fanden nicht nur am 24. Dezember statt, sie hatten auch alle mit weihnachtlichem Brauchtum oder mit der Weihnachtsgeschichte zu tun. Im Wuppertaler Zoo war Mitte der Neunziger eine wirklich schöne Weihnachtskrippe aufgebaut, mit Ochs und Esel und allem. Am ersten Feiertag kamen die Tierpfleger morgens zum Dienst, und sowohl der Ochse als auch der Esel waren über Nacht zu Dosenfleisch verarbeitet worden. Klar, da waren wir irgendwie erleichtert, das war wenigstens mal ein Jahr ohne menschliches Opfer. Für uns war damit auch endgültig klar, dass dieser Typ ein pathologischer Weihnachtshasser sein muss. Dem kam es auf Weihnachten an und auf nichts anderes. Wir haben mit Psychologen geredet, aber was die uns erzählten, konnten wir uns auch selber zusammenreimen: Der Killer hat was Traumatisches oder Frustrierendes in Zusammenhang mit Weihnachten erlebt, das ging bei dem ganz tief rein und hat sämtliche Sicherungen durchschmurgeln lassen. Wahrscheinlich ein Kindheitserlebnis. Oder was Sexuelles.

Na, wunderbar. Jetzt frage ich Sie, wie findet man so

einen? Ich weiß es nämlich nicht. Das muss gar keine große Sache sein, die dem widerfahren ist, die Leute drehen manchmal wegen Kleinigkeiten durch. Also, relativen Kleinigkeiten. Hat er seine Freundin am Heiligen Abend in flagranti mit dem Weihnachtsmann vom Studentenwerk erwischt? Unterm Baum? Hat er sich als Kind ganz doll eine Eisenbahn von Märklin gewünscht, aber die Eltern haben ihm immer nur Holzspielzeug geschenkt? Hat er beim ersten Mal ein sexuelles Misserfolgserlebnis gehabt, und im Hintergrund lief zufällig »O Tannenbaum«? Alles möglich, alles schon da gewesen. Das war in unseren Augen ein Charakter wie Jack the Ripper, extrem schlau, extrem krank. Jack the Ripper ist nie erwischt worden. Aber er hat irgendwann aufgehört.

Ich selber habe von Weihnachten gar nichts mehr gehabt. Ich musste immer zu meinen alten Eltern, die hatten Angst vorm Weihnachtsmörder, und dann habe ich halt mit meiner geladenen Dienstwaffe unterm Jackett bei denen gesessen und chinesisches Fondue gegessen. Mein Vater hat vom Krieg erzählt, meine Mutter von ihrem Bibelkreis. Wissen Sie, ich kann mir tausendmal »Ihr Kinderlein kommet« anhören, das macht mir nichts aus, aber diese immer gleichen Storys von meinem Vater und meiner Mutter machen mich fertig. Nicht, dass Sie mich falsch verstehen, ich habe die gern und alles. Nur ruhiger müssten sie sein.

Früher bin ich an Heiligabend spätabends ins Gläserne Eck, da hab ich mit den alten Freunden von früher zwei, drei Bierchen getrunken, aber jetzt klingelte meistens um einundzwanzig oder zweiundzwanzig Uhr das Telefon, und ich musste zum Tatort. Sofern der Tatort nicht zu weit entfernt war. Meine Eltern wohnen in Boppard am Rhein, und ich habe immer darum gebetet, dass der Täter nicht in unserer Gegend zuschlägt, sondern in Schleswig-Holstein oder in Brandenburg, Hauptsache, weit weg. Da hatte ich bis zum nächsten Morgen Ruhe und musste nicht den Heiligen Abend beschließen, indem ich mit der Pinzette Knochensplitter in einem Plastiktütchen sammelte oder einer an Weihnachtsgebäck erstickten älteren Dame die zerbröselten Zimtsterne aus der Luftröhre pulte.

Meine Eltern wollten nie, dass ich gehe, obwohl ich ihnen hundertmal gesagt habe, dass der Mörder immer nur einmal zuschlägt. Das kapierten sie einfach nicht. Angst ist meistens irrational. So bin ich auf die Idee gekommen, Beate einzuladen, eine alleinstehende Kollegin. Meinen Eltern habe ich erzählt, dass Beate eine ganz ausgeschlafene Personenschützerin ist, und wenn ich rausmusste, habe ich Beate meine Dienstwaffe überreicht. Wenn einer meiner Mutti oder dem Vati was tun will, dann bitte Feuer frei, Beate.

In Wirklichkeit hat Beate sich in der Sonderkommission um den Papierkram gekümmert. Was soll ich sagen, nach dem zweiten gemeinsamen Fest waren wir ein Paar. Eine tolle Frau. Das mit Beate verdanke ich dem Weihnachtsmörder. Schon verrückt, das Leben.

Ist unsere Zeit um? Schade. Ich wollte doch die ganze Geschichte erzählen. Dann eben nächstes Mal. Sie haben noch andere Patienten, das verstehe ich. Sind außer mir noch andere aus der Sonderkommission bei Ihnen? Das dürfen Sie nicht sagen, schon klar. Fest steht, dass wir alle im Lauf der Zeit mental was abgekriegt haben, so ein Job als Weihnachtsmörderjäger ist halt was völlig anderes als Christbaumverkäufer oder Krippenschnitzer. Das geht im Gehirn voll auf die Bremsbeläge. Ich hätte Ihnen gerne noch erzählt, wie Buschmann durchgedreht ist und wie sie ihn abgelöst haben. Zu Unrecht, wie ich finde. Danach kam die Grünbaum, hatte ich das schon erwähnt? Und die Grünbaum hat den Fall dann gelöst, was ehrlich gesagt, ohne die Vorarbeit von Buschmann nicht möglich gewesen wäre. Überhaupt, was heißt schon gelöst? Wir haben den Täter, ja, aber der Fall ist immer noch ungeklärt. So was treibt dich als Kriminalisten in den Wahnsinn, wenn du den Täter hast, und es nützt nichts. Deshalb bin ich wahrscheinlich in dieser Klinik gelandet.

Interview mit einem Weihnachtsmann

Weihnachten hat mich gerettet. Ja, das kann man wirklich so ausdrücken. Ich war damals ungefähr ein Jahr arbeitslos. Danach ist Schluss mit dem Arbeitslosengeld, das wissen Sie sicher. Ich bin Architekt, mit Architekten kann man zurzeit in Deutschland die Straße pflastern. Nach dem Studium hatte ich eine Stelle in einem großen Büro in Düsseldorf. Was ich da gemacht habe, könnte im Grunde auch ein technischer Zeichner erledigen. Aber so ist halt die Situation. Ich war froh, überhaupt was gefunden zu haben.

Der Job ist befristet gewesen, nach einem Jahr fiel der Vorhang. Meine Chefin mochte mich sogar, aber die Auftragslage war halt nicht besonders. Ich habe mich ungefähr vierzigmal beworben. Sogar in Chemnitz. Okay, okay, ich höre schon auf, keine Sorge, ich erzähle Ihnen hier keine Sozialschnulze. Ich erzähle Ihnen eine Erfolgsstory.

Ich habe mir die Frage gestellt: Was könntest du machen? Nicht: Was willst du? Nicht: Wozu hast du Lust? Oder: Was hast du gelernt, womit kennst du dich aus? Das sind die falschen Fragen. Die führen zu nichts.

Fakt ist, dass ich relativ gut aussehe. Das klingt vielleicht eitel, aber ich höre das nun mal oft, sowohl von Frauen als auch von Männern. Viele sagen, dass ich sie ein bisschen an den Fußballspieler Mats Hummels erinnere, ich sähe sogar noch besser aus als Mats Hummels. Klar, das ist kein Verdienst. Darauf muss man nicht stolz sein. Es sind die Gene.

In der Düsseldorfer Firma habe ich zwei Weihnachtsfeiern mitgemacht. Junge, Junge, da ging es ab. Champagner, Musikkapelle, Buffet, alles. Trotz der schlechten Auftragslage. An den Weihnachtsfeiern sparen die Firmen ungern. Wenn eine Firma nicht mal mehr zu Weihnachten was springen lassen kann, dann spricht sich das herum, dann bimmelt für diesen Laden quasi schon das Totenglöckchen. Lieber kürzen sie das Urlaubsgeld. Oder entlassen Typen wie mich. Es gab auch einen Entertainer bei den Weihnachtsfeiern, einen Comedian aus dem Fernsehen – wenn Sie mich fragen: drittklassig. Ich konnte über den nicht lachen. Viertausend Euro plus Mehrwertsteuer soll er gekriegt haben, für dreißig Minuten. Dass sexuell bei den Weihnachtsfeiern manchmal was geht, brauche ich wohl nicht extra zu erzählen. Um halb zwei hat der Comedian mit unserer Chefin den Abflug gemacht. Sie ist Single, da konnte keiner was sagen.

Jedenfalls habe ich mich an diese Feiern erinnert. Ich habe also angefangen, mich als den »strippenden Weihnachtsmann« zu vermarkten. Das war erst mal nur eine verrückte Idee. Um Weihnachten herum gibt es Partys ohne Ende, und die Idee, das Thema Weihnachten mit niveauvoller Erotik zu verbinden, lag meiner Ansicht

nach nahe. Zumal, wie gesagt, Erotik bei Weihnachts-feiern immer eine gewisse Rolle spielt, egal, ob man das nun gut findet oder nicht. Die Menschen kann man nicht ändern. Die Menschen muss man nehmen, wie sie sind.

Eine Frau, die auf Weihnachtsfeiern Striptease macht – eine Performerin natürlich, keine Mitarbeiterin –, würde wahrscheinlich schlüpfrig oder peinlich wirken, auf je-den Fall unweihnachtlich. Egal, ob es jetzt künstlerisches Niveau hat oder nicht. Da hieße es auch sofort: Sexismus. Das ist ja immer gleich der erste Vorwurf bei so etwas. Der Weihnachtsmann ist eben ein Mann, insofern bin ich mit meiner Darbietung viel näher dran an der Weihnachts-idee, das wird nicht gleich als Stilbruch empfunden, wie es bei einer strippenden Frau der Fall wäre. Ein Mann, der sich auszieht, ist gesellschaftlich viel akzeptierter in-zwischen, auch wegen Filmen wie *Ganz oder gar nicht*. Da sagt niemand: Sexismus. Und, wissen Sie, der Weih-nachtsmann wird immer ein Mann bleiben, trotz Gender und Quote. Da mache ich mir keine Sorgen, dass morgen Alice Schwarzer kommt und fordert, bei jeder zweiten Be-scherung muss eine Frau auftreten. Der Weihnachtsmann ist ein mäßig bezahlter Dienstleister, bei dem ist finanziell und imagemäßig für den Feminismus nicht viel zu holen.

Ich ziehe zuerst die Bescherung durch, falls gewünscht, das mache ich natürlich ganz traditionell. Ich trage das übliche Outfit, Mantel, Bart, Perücke – ich garantiere Ihnen, Sie würden mich nicht erkennen. Dann sage ich, liebe Kinder, ihr müsst jetzt brav ins Bett. Liebe Er-wachsene, für euch habe ich noch was besonders Schö-nes mitgebracht. Dann löse ich langsam den Gürtel des

Mantels. Da ahnen schon viele, was kommt. Ich trage unter dem Mantel rote Unterwäsche, ein Muscleshirt und Boxershorts, mit weihnachtlichen Motiven drauf, dazu rote Stiefelchen.

Teile der Show habe ich mir bei Dita von Teese abgeschaut, die ist meiner Meinung nach in unserem Business weltweit immer noch die erste Adresse. Zum Beispiel legt sich Dita von Teese fast nackt in einen riesigen Sektkelch, ich mache das auch. Dabei habe ich immer noch meine Mütze auf, zwischen den Beinen trage ich nur noch den weißen Bart, mit der Bartspitze winke ich ins Publikum, und dazu hört man das Lied »Kling, Glöckchen, klingelingeling«. Ein bisschen frivol darf es ruhig sein, aber ich passe schon auf, dass es nicht zotig oder ordinär wird. Scherze mit den Wörtern »Rute« und »Sack« verbiete ich mir zum Beispiel, das geht unter die Gürtellinie, so was überlasse ich Mario Barth. Ich hatte mal den Satz »Ich komme durch den Schornstein« im Programm, das habe ich wieder gestrichen.

Am Ende ziehe ich zur Melodie von »O Tannenbaum« den weißen Bart langsam weg, parallel dazu setzt eine Nebelmaschine ein, die gleichzeitig einen Wirbel von künstlichen Schneeflocken produziert. Man sieht also fast gar nichts. Das ist das Künstlerische an meinem Beruf, es ist ein Spiel mit Erwartungen. So etwas passt gut zu Weihnachten, weil man da ja auch Erwartungen hat, die nicht immer eingelöst werden, Harmonie, Frieden, all diese Sachen. Weihnachten ist ein Ritual. Striptease oder, wie man heute gern sagt, Burlesque ist ebenfalls ein Ritual – Sie sehen, ich könnte stundenlang reden über meinen Job.

Muss ich ja auch. Als sich der Erfolg meines Konzeptes abgezeichnet hat, bin ich oft in Talkshows gewesen, sogar in politischen. Bei »Hart aber fair« bin ich zum Thema »Weihnachten – zählt nur noch der Kommerz?« eingeladen worden, neben Olaf Henkel, Jutta Ditfurth und Kardinal Lehmann, da war ich schon ein bisschen stolz.

Am Anfang habe ich sechshundert Euro pro Auftritt genommen, das war der Einführungspreis. Inzwischen liege ich bei tausendfünfhundert, bei noch mehr Fernsehpräsenz wäre leicht das Dreifache drin. Wenn ich Ihnen sage, dass ich pro Saison etwa fünfundzwanzig bis dreißig Shows hinlege, oft zwei oder sogar drei am Tag, können Sie sich ausrechnen, dass es zum Leben reicht, zumindest in bescheidenem Umfang. Und ich habe den größten Teil des Jahres frei, obwohl ich inzwischen auch mal außerhalb der Saison strippe, um in Übung zu bleiben. Ansonsten muss ich nur auf meinen Körper achten. Ab Juni wird immer hart gefastet. Ich habe über eine Ostershow nachgedacht, aber ehrlich gesagt glaube ich nicht daran, dass die Leute einen strippenden Osterhasen sehen möchten.

Sicher, ich bekomme manchmal Angebote. Und warum soll ich es nicht zugeben – manchmal nehme ich die Angebote auch an. Ich bin Single, mit hin und wieder einer lockeren Beziehung mehr so am Rande. Und ich bin ein Mensch aus Fleisch und Blut, kein heiliger Nikolaus. Sex ist für mich etwas Natürliches, wie Essen und Trinken. Ohne Sexualität würde es die Menschen doch gar nicht geben, insofern wird der liebe Gott schon nichts dagegen haben. Wie man das dann im Einzelnen ausgestaltet, muss jeder selbst wissen. Aber eines steht für mich fest, ich nehme kein Geld. Das ist mein heiliges Prinzip, obwohl ich nicht im Geld schwimme und öfter mal eine ältere Vorstandsdame mit ihren Scheinen winkt. Ein bisschen Gefühl muss schon dabei sein, zumindest Sympathie. Ganz offen und brutal gesagt: Wenn es mal so weit ist, dass reiche Frauen für Geld den Weihnachtsmann haben können, dann ist es mit dem Geist des Weihnachtsfestes wirklich vorbei. Dann könnte ich wirklich keinem Kind mehr in die Augen schauen.

Joe

Es war einer dieser Tage, von denen sie im Winter oft träumte, ein Tag, an dem der Sommer endlich keine Ahnung mehr war, keine Hoffnung und kein Versprechen. Der Sommer war da, früher als üblich. Und er roch, wie ein Kreuzberger Sommer riechen muss, nach Wasser, nach Schweiß, nach gegrilltem Fleisch und nach Hundepisse.

Billy saß am Landwehrkanal, bis die Sonne unterging, dann lief sie Richtung Admiralbrücke und holte ihr Handy aus der Umhängetasche. Ben ging gleich dran. Er hatte auf den Anruf gewartet.

»Hey, ich bin's«, sagte Billy.

»Na endlich«, sagte Ben. »Hab mir Sorgen gemacht. Wie war's denn bei Doktor Winter?«

»Bingo«, sagte Billy.

Kurze Stille. Dann wieder Ben: »Ist ja super. Ey, du, ich freu mich total.«

Billy hatte sich lange gegen die Erkenntnis gewehrt, dass in Bens Kopf nicht gerade ein Kronleuchter brannte. Da brannte höchstens eine Zwanzig-Watt-Birne. Inzwischen war ihr das egal. Ben war lieb, ja, genau, lieb. Und

Ben verkörperte den unwahrscheinlichsten aller unwahrscheinlichen Fälle, *one of a million*, Sechser mit Zusatzzahl, Wunder, ein extrem gut aussehender Typ von sechsundzwanzig, den du in einem Club kennenlernst, der super tanzen kann, der einen festen Job hat, mit dem du gerade mal sechs Monate zusammen bist und der sich dann freut, wenn seine Freundin schwanger ist.

Der sich echt freut. Ben konnte gar nicht heucheln oder sich verstellen. Dazu war er nicht intelligent genug. Ben, ein offenes Buch mit großen Buchstaben in Druckschrift. Noch ein Vorteil von Ben.

»Wann isses denn so weit?«, fragte Ben.

»Der errechnete Termin ist der 24. Dezember«, sagte Billy. »Aber das stimmt fast nie.«

Ben sagte, was alle sagen. Ben sagte immer das, was alle sagen. »Der 24. Dezember ist ein blöder Geburtstag«, sagte Ben, »weil, da hast du im Grunde gar keinen Geburtstag. Du kriegst nur einmal Geschenke.«

Bens Geburtstag war am 3. Januar, sogar das fand er schon blöd. Nicht total blöd, aber ein bisschen blöd schon.

»Der errechnete Termin stimmt fast nie«, sagte Billy. Manche Sachen musste man bei Ben zwei- oder dreimal sagen.

In den nächsten Monaten dachte Billy manchmal, dass sie träumte. Es konnte doch nicht sein, dass all die Sachen, die du dir wünschst, einfach irgendwie passieren. Ben hörte nicht auf, lieb zu sein. Ben suchte und fand eine kleine Wohnung in der Urbanstraße, ziemlich laut, aber dafür billig und mit Balkon. Ben stellte sie seinen Eltern vor, die ein bisschen spießig waren, aber ebenfalls lieb.

Die Eltern hatten eine kleine Laube in der Nähe des Flughafens, da gingen sie am Samstag manchmal hin. Bens Mutter servierte selbst gebackenen Bienenstich. Wenn ein Flugzeug im Landeanflug war, klirrte das Geschirr. Am Abend fuhren die Eltern nach Hause, Billy und Ben durften in der Laube übernachten. Das Kind brauchte Sauerstoff. Inzwischen wussten sie, dass es ein Junge war.

Im September feierten sie Hochzeit, es war immer noch warm. Bens Vater stellte einen Tapeziertisch in den Garten, Bens Mutter buk extra viel Bienenstich. Bens Brüder, es gab zwei, machten Musik auf einem Xylophon, so ein Ding hatte Billy noch nie in Aktion erlebt. Billys Schwester kam nicht, mit der war sie verkracht, und Billys Mutter war schon nach einer Stunde völlig zu, sie lallte nur noch. Aber Bens Vater war verständnisvoll, lächelte großzügig und fuhr Billys Mutter nach Hause, wobei sie ihm in seinen Mitsubishi kotzte. Halb so schlimm, sagte Bens Vater. Er arbeitete bei den Verkehrsbetrieben und hatte Erfahrung mit so was. Das war alles wie im Märchen.

Manchmal machten sie sich Gedanken über den Geburtstermin. Der 24. Dezember war wirklich total blöd. Billy fragte Doktor Winter, ob man da denn nichts machen könnte. Doktor Winter sagte: »Der errechnete Termin stimmt sowieso fast nie.« Klar. Da ärgerte sich Billy über sich selbst.

In Amerika war es ganz einfach. In Amerika sagen die Frauen zu ihrem Arzt, an welchem Tag ihr Kind geboren werden soll, und der Arzt holt dann an genau diesem Tag sein Messerchen raus für den Kaiserschnitt. Schnipp, schnapp, fertig. Amerika eben. Die Kaiserschnittnarben sind heute auch nicht mehr so groß, man kann hinterher trotzdem noch einen Bikini tragen. Vielleicht nicht gleich im ersten Sommer, aber später dann schon.

Billy war sich sicher, dass Doktor Winter für so etwas nicht zu haben war. Er war alt, mindestens fünfzig, oder siebzig, und sehr ernst. Der machte nie einen Witz und kaufte bestimmt alles im Bioladen. Er duzte Billy, wollte selber von ihr geduzt werden und nannte sie mit ihrem Taufnamen, den Billy scheiße fand. Brigitte geht gar nicht. Sie ging überhaupt nur deshalb zu Doktor Winter, weil seine Praxis ein paar Meter von ihrer alten Wohnung entfernt lag.

Ihr Wunschtermin war der 20. Dezember, weil das Kind am 20. Dezember nämlich noch Schütze war. Das Sternbild Schütze gehört zu den Feuerzeichen. Über den Schützen stand im Internet: »Sie überwinden mühelos die körperlichen und geistigen Grenzen, und sie gedeihen in einer Umgebung der Freiheit und Autonomie. Ihr geistiger Einfluss wirkt wie eine Kerze in der Finsternis.«

Ab dem 22. Dezember heißt das Sternbild Steinbock. Ein Erdzeichen. Über den Steinbock heißt es: »Der praktisch veranlagte Steinbock steht für Disziplin, Ehrgeiz und Rationalität. Dies geht einher mit einer fast unerschütterlichen Arbeitsenergie und Ausdauer.«

Das heißt, entweder kam so ein fanatischer Heimwerker und Langstreckenläufer aus ihr raus, oder eine Kerze, die in der Finsternis leuchtet. Eine Kerze mit einem geistigen Einfluss, der Grenzen überwindet. Da war wohl auch dem letzten Spacko klar, welches Sternzeichen das bessere ist.

Billy schämte sich ein bisschen, wenn sie so was dachte. Ben war Steinbock. Na ja, er bastelte tatsächlich gern an der Laube seiner Eltern herum. Und er joggte. Mit Ausdauer. Es stimmte alles.

Angeblich konnte man die Geburt auch auf natürliche Weise einleiten. Das natürlichste Einleitungsmittel war angeblich viel Sex, weil im Sperma ein Zeug drin ist, das Wehen auslöst. Ein Prostadingens oder so. Ab Anfang Dezember also das volle Sexprogramm. Dreimal täglich müsste locker reichen.

Das Problem war, dass Ben nicht mitzog. Ungefähr ab Mitte November hatte Ben keine Lust mehr. Billys Bauch war schon so dick, dass ihre Lieblingspositionen nicht mehr funktionierten, und Ben sagte, er finde sie schön und erotisch und alles, aber beim Sex hätte er neuerdings das Gefühl, in einen Heißluftballon einzudringen. Das törne ihn ab. Obwohl er sie schön und erotisch finde und alles.

Er war lieb, aber er hatte keine Lust. Daraufhin trank Billy Himbeerblütentee, nachdem sie ungefähr drei Tage lang alle Kreuzberger Bioläden abgeklappert hatte, um Himbeerblüten zu finden. Der Tee schmeckte, fand sie, nicht nach Himbeeren, sondern so, wie vielleicht Fußnägel schmecken, die man Leichen abgeschnitten hat. Das letzte und todsichere Mittel hieß Treppensteigen. Alle sagten, Treppensteigen ist der Bringer.

Dann kam der Heilige Abend, und Billy war bis zum Heiligen Abend ungefähr zehntausend Treppenstufen rauf- und runtergelaufen, aber nichts war passiert, nicht mal eine kleine Vorwehe oder eine Senkung oder wenigstens das Gefühl, es könnte eventuell bald was in Richtung Senkung passieren. Dem Baby ging es angeblich, laut Doktor Winter, bestens. Das Baby war ein Langstreckenläufer, so viel war klar. Heiligabend feierten sie mit Bens Eltern in der Laube. Im Winter ist die Natur auch sehr schön. Außerdem stand da ein Elektroöfchen drin. Es gab wieder Bienenstich.

Billy hatte Doktor Winter von ihren Versuchen erzählt. Sie war einfach nicht der Typ, der ewig über was Wichtiges schweigen kann. Außerdem sollte er ruhig merken, dass sie Sachen, die sie sich vorgenommen hatte, auch durchzog.

Doktor Winter war klein und dick und glatzköpfig und schaute aus dem Fenster, während er mit einem redete. Er sagte: »Der 24. Dezember, liebe Brigitte, ist der Geburtstag von Jesus. Das ist kein schlechter Tag. Die Christen glauben, dass Jesus eine Kerze in der Finsternis ist. Obwohl Jesus ja im Sternzeichen Steinbock geboren wurde, und obwohl das Sternzeichen Schütze eine Kerze in der Finsternis sein soll und nicht der Steinbock. Das ist Aberglaube. Darauf solltest du nichts geben. Jesus war zum Beispiel auch nicht praktisch veranlagt. Jesus war eher ein Theoretiker. Er war auch, soweit bekannt, kein Langstreckenläufer.«

Sie könnten doch einen Ersatztermin im Sommer festlegen, eine Art zweiten Geburtstag, wie wäre denn das? Und so weiter. Laber, laber, laber.

Billy sagte: »Danke für die Belehrung.« Sie habe nichts gegen Jesus, aber an Weihnachten würden die Leute feiern und sich was schenken, am Geburtstag ebenfalls, deshalb sei es blöd, gemeinsam mit Jesus Geburtstag zu feiern, fertig. Wenn Jesus beleidigt sei ihretwegen, dann sei das sein Problem. Und dass sie, statt Himbeerscheiße zu trinken, gern einen Kaiserschnitt hätte. Notfalls von Jesus persönlich. Der habe das garantiert drauf.

Doktor Winter spielte mit seinem Kugelschreiber.

Aber das war jetzt eh egal, denn der 24. Dezember änderte alles. Von jetzt an kam es darauf an, die Geburt hinauszuzögern. Und da gab es nur eine allgemein anerkannte Methode, nämlich, zu liegen.

Ab dem 25. Dezember lag Billy. Ben machte alles, er kaufte ein, er putzte, wobei Putzen sowieso nicht eine ihrer Top-Prioritäten war. Er ging ans Telefon, er rückte den Fernseher vors Bett und trug Billys Laptop zur Steckdose, wenn er aufgeladen werden musste. »Ben, du bist ein Engel«, sagte Billy manchmal.

Ein paar Tage lang fühlte Billy sich super. Sie stand nur auf, um aufs Klo zu gehen, das war jetzt öfter der Fall als vor der Schwangerschaft. So ungefähr ab dem 28. Dezember war ihr langweilig, aber sie biss die Zähne zusammen und fing sogar an, ein paar von ihren alten Kinderbüchern ein zweites Mal zu lesen. Jeder Tag war jetzt wichtig. An Silvester konnten sie natürlich nicht in die Laube fahren, sie schauten fern und spielten ein bisschen »Doom«. Am nächsten Morgen brachte Bens Mutter den Rest von ihrem Bienenstich vorbei.

Ben hätte es gut gefunden, wenn das Baby am 3. Januar kommt, dann hätten sie immer gemeinsam feiern können. Aber am 3. Januar tat sich auch nichts. Billy war inzwischen so dick, dass sie es kaum noch zum Klo schaffte, außerdem waren ihre Beine schwach vom langen Liegen.

Doktor Winter beschloss, Billy eine Spritze zu geben, die ein bisschen Schwung in die Sache bringt. Natürlich kam die Spritze erst am Tag nach Bens Geburtstag zum Einsatz. Doktor Winter ließ keine Gelegenheit aus, ihnen zu zeigen, dass ihre Wünsche ihm scheißegal waren.

Die Spritze bewirkte gar nichts. Das wurde jetzt langsam unheimlich. Zwei Wochen über der Zeit, und noch eine Spritze, und wieder nichts, und dann die Fahrt ins Krankenhaus, wo sie einen Schlauch an Billy anschlossen, damit eine Flüssigkeit in Billy reinlaufen konnte, während Ben ihr ganz lieb die Hand hielt. Am übernächsten Tag sagte der Krankenhausarzt: »So was habe ich noch nicht erlebt.«

Billy wusste von einer Freundin, die mal Krebs hatte, dass Ärzte das oft sagen. Sobald etwas ein bisschen neben der Spur liegt, sagen sie: »Das habe ich noch nicht erlebt.« Ärzte erleben anscheinend nicht viel. Also machten sie jetzt doch den Kaiserschnitt. Warum nicht gleich so.

Bevor sie in den OP geschoben wurde, dachte Billy über den Namen des Babys nach. Da waren sie sich immer noch nicht einig. Ben wollte Josef, Billy war für Timon Telly. Timon wie dieses süße Tier aus *König der Löwen*, Telly wie Telly Savalas, was so ein alter Fernsehstar ist und einfach gut klingt. Joe wäre vielleicht ein ganz guter Kompromiss, dachte Billy, Joe wie Joe DiMaggio, der ja bekanntlich der einzige halbwegs okaye Ehemann von Marilyn Monroe war. Dann wirkte die Narkose.

Als sie aufwachte, stand das halbe Krankenhaus um sie herum. Wo war das Baby? Das Baby war nicht da. Doktor Winter stand neben Ben. »Wir haben so etwas noch nicht erlebt«, sagte er. »Brigitte, du bist ein Novum in der Medizingeschichte.«

Der Kaiserschnitt war fehlgeschlagen. Die waren mit ihrem Skalpell nicht durch die Bauchdecke durchgekommen. Da war verhärtetes Gewebe. Eine Art Narbengewebe, aber so ultrahartes Narbengewebe, wie die Ärzte es noch nie erlebt hatten. Es sah aus, als ob im Bauch eine Betondecke errichtet worden wäre, von wem auch immer. Man konnte da schlecht den Presslufthammer nehmen, wegen des Babys. Man konnte auch schlecht die halbe Bauchdecke wegschneiden. Doktor Winter und der Krankenhausarzt hielten lange Reden und verwendeten lateinische Ausdrücke. Der Doktor deutete an, dass diese Komplikation vielleicht mit Billys Unterbewusstsein zusammenhängen könnte. Sie sei so sehr auf einen bestimmten Termin festgelegt gewesen ... und so weiter. Nichts als Bullshit. Der Krankenhausarzt meinte, man könne jetzt nur noch abwarten. Spritzen geben und abwarten, bis die Natur ihren Lauf nimmt. Das tue die Natur letztlich immer.

Billy sagte: »Ich will nach Hause, verdammte Scheiße.«

Den Rest der Geschichte kennt jeder. Billy ist seit zehn Jahren mit ihrem Bauch unterwegs. Jedes Jahr an Weihnachten tritt sie mit Ben in allen möglichen Kirchen, in Einkaufszentren und Fernsehshows als die moderne Heilige Familie auf. Außerhalb der Saison arbeitet Ben als Tischler, weil das von der Story her passt. Die Leute sind ganz wild nach seinem Zeug, obwohl er kein besonders guter Tischler ist. Aber sie verdienen eigentlich genug mit den Auftritten. Billy trägt ein Marienkostüm, antik, Ben sitzt neben ihr und schaut lieb. Manchmal ist sogar Doktor Winter dabei, der sich das natürlich bezahlen lässt, und wird vom Moderator interviewt. Doktor Winter kann wegen seines Studiums besser reden als Billy.

Er sagt dann, dass dieses Kind am Heiligen Abend geboren werden sollte, aber es wollte nicht kommen, weil es keinen Weltfrieden gibt. Erst, wenn der Weltfrieden verwirklicht ist, kommt das Baby heraus.

Es ist das erste amtlich beglaubigte und wissenschaftlich bestätigte Weihnachtswunder seit dem Mittelalter. Sie haben auch eine Tournee durch die USA gemacht, in einem Spezialfahrzeug, das extra für Billys Bedürfnisse eingerichtet wurde, breite Tür, alles barrierefrei. In Israel sagen zwei oder drei Rabbiner, das Baby sei vielleicht der Messias. Andere Rabbiner bestreiten das. Der Messias würde unmöglich ausgerechnet in Deutschland geboren werden, so gestört könne Gott nicht sein. Eine dritte Fraktion vertritt die Ansicht, dass Gott sich um Geographie nicht kümmere. Gott sei im Grunde unberechenbar. Aber ein Jude müsse der Messias vermutlich schon sein.

Für fünf Euro dürfen die Leute den Bauch anfassen. Joe macht das nichts aus. Joe scheint überhaupt ganz zufrieden zu sein. Er wächst nicht mehr weiter, aber er strampelt. Inzwischen versteht er, wenn man mit ihm spricht. Wenn Billy sagt: »Hey, Joe, Schatz, strampel mal ein bisschen«, dann tut er das. Billy kann inzwischen wieder besser laufen, alles Übung, und Ben hat sich zum Glück an den Bauch gewöhnt. Er muss beim Sex nicht mehr an einen Heißluftballon denken. Im Sommer verbringen sie immer noch viel Zeit in der Laube von Bens Eltern, die sie mithilfe ihrer Einnahmen ein bisschen aufgemotzt haben. Es gibt jetzt dort ein richtiges Klo, Kühlschrank und fließend Wasser und Gasheizung, dazu einen kleinen Backofen, damit Bens Mutter den Bienenstich nicht immer in der Stadtwohnung backen muss.

Der Fall wird weltweit diskutiert. Ein echtes Wunder, sagen die einen, eine medizinische Anomalie, sagen die anderen. Einmal ist ein ganz in Schwarz gekleideter Herr vom Vatikan zu Billy und Ben gekommen, weil sie überlegen, ob Billy ein Fall für die Seligsprechung ist. Er war nett, aber Billy glaubt, dass sie in dem Gespräch etwas zu oft »Scheiße« und »Fuck« gesagt hat und dass sie deshalb wahrscheinlich erst nach ihrem Tod seliggesprochen wird, wenn überhaupt. Wobei ihr das einerseits egal ist, andererseits könnten sie nach der Seligsprechung ihr Honorar in den Einkaufszentren locker verdreifachen. Manche Psychologen meinen, dass Joe, wenn er eines Tages herauskommt, einen psychischen Schaden haben könnte, Mutterkomplex oder so. Mental sei es für Joe nicht ganz einfach. Aber letztlich weiß keiner was Genaues. Billy hofft, dass es noch eine Weile so bleibt. Es geht ihr gut. Das darf sie niemandem sagen, weil dann jeder denkt, dass sie gegen den Weltfrieden ist.

Garfield

Garfield Ott sah, dass es draußen langsam hell wurde. Wieder einmal hatte er beim Spielen die Zeit vergessen. Die neue Version von *Paradise Lost* war aber auch einfach zu gut, das ließ einen nicht los, wenn man erst mal drin war. Die Charaktere waren unglaublich ausdifferenziert. Andererseits, die alten Spiele, die vor fünfzig oder hundert Jahren herausgekommen waren, hatten auch einen gewissen Charme. Erst vor ein paar Tagen hatte Ott wieder einmal das virtuelle Unterhaltungsmuseum angeklickt, wo man noch die ersten Versionen von *World of Warcraft* von *Sin City* oder von *Thunderstroke* spielen konnte. Die Charaktere besaßen damals höchstens Ansätze von Bewusstsein, man konnte ihnen ein paar Fertigkeiten und Eigenschaften zuordnen, mehr war nicht drin.

Inzwischen waren es richtige Welten, die sich erschaffen ließen, mit Figuren, die völlig autonom unterwegs waren und sich selbst für real hielten. Seit ein paar Monaten spielte Ott *Paradise Lost* mit einer virtuellen Welt namens »Erde«, die er nach den Initialen einer Kollegin aus dem Kommunikationsministerium benannt hatte, R und D. Das waren so die kleinen Späßchen, die er sich gestattete.

Natürlich ließ er sich auf Erde anbeten, unter »Gott«, seiner Internetadresse. Ein bisschen Respekt waren seine Geschöpfe ihm einfach schuldig.

Er liebte es, wenn sie darüber stritten, ob es ihn gab oder nicht. In der ersten Zeit schickte er ihnen manchmal Zeichen oder sprach sie sogar direkt an. An den Zehn Geboten hatte er lange herumgetüftelt. Du sollst nicht begehren deines Nächsten Hab und Gut, das war natürlich völlig unrealistisch, eine richtig harte Aufgabe für seine Leute. Es hielt sich auch fast niemand daran. In letzter Zeit war er mit Auftritten und Wundern zurückhaltender. Es machte mehr Spaß, den Charakteren einfach zuzuschauen und hin und wieder ein paar Parameter zu verändern.

Das Spiel war so gigantisch und so komplex, dass man sich entscheiden musste. Er spielte mit einem Land, das er nach seinem ersten Computer, dem Super-Deutsch, einfach »Deutschland« nannte, die Leute redeten seine Sprache. Daneben gab es natürlich noch Tausende anderer Sprachen, etliche Länder und die verrücktesten Religionen. Die Figuren machte er ziemlich intelligent, gab ihnen aber auch ein Quantum Aggressivität. Gleichzeitig schickte er sie ins achtzehnte von zwanzig möglichen Levels in der Kategorie Spiritualität und ins neunzehnte Level beim Streben nach Reichtum und Macht. Diese Mischung war schön widersprüchlich und ein Garant dafür, dass immer was los war.

Sie führten jede Menge Kriege und komponierten echt gute Musik. An einem Tag wollten sie alles plattmachen, am nächsten Tag waren sie sanft wie Lämmchen und spuckten mystische Ideen aus. Einmal hatte Ott einen völlig absurden Diktator designt, mit einem Bärtchen wie ein Strichcode, einer extrem schrillen Stimme und einem Agro-Level von zwanzig, da waren sie total aus dem Häuschen, wuselten wild durcheinander, killten alles, was sich bewegte und schossen mit Raketen, obwohl das in ihrer technischen Entwicklung noch gar nicht vorgesehen war.

Garfield Ott dachte, wie jeder, den er kannte, manchmal darüber nach, ob seine eigene Zivilisation womöglich ebenfalls virtuell war. Er glaubte, dass sie dafür ein zu hohes technisches Niveau hatten und auch zu viele waren, vier Trilliarden Individuen, so eine Rechnerleistung war unvorstellbar. Und sogar auf dem bescheidenen Stand von Erde bekamen die Charaktere manchmal etwas von den Paralleluniversen der anderen Spieler mit. Sie sahen Schatten. Sie träumten. Es gab Dinge, die passierten, obwohl sie nach den Naturgesetzen von Erde unmöglich waren. Die Charaktere hatten ansatzweise verstanden, dass hinter den Grenzen ihres Universums noch etwas anderes liegen musste. Sie suchten, sie machten sich Gedanken, aber sie fanden nichts. Wenn das Spiel noch ein paar tausend Jahre weiterlaufen würde, schnallten sie es garantiert irgendwann.

Weihnachten war, wie die Zehn Gebote, eine dieser skurrilen Ideen von Ott. Er hatte mal als sein idealisiertes Spiegelbild einen Charakter erfunden, dem er ein paar Eigenschaften gab, von denen er selbst leider nicht viel besaß: Beredsamkeit, Charisma, feste Moralvorstellungen und gutes Aussehen. Der Typ sah genauso aus wie er, langhaarig, Bart, ein Nerd, nur war er etwa fünfzig Kilo leichter, außerdem hatte er eine gute Haut und wirkte nicht so

blass. Ott saß eben ständig am Rechner. Er schickte die Figur nicht nach Deutschland, wo gerade Winter herrschte, sondern irgendwo in den Süden, die Gegend war Zufall, Hauptsache, Sonne. Die Figur glaubte, sie sei sein Sohn, wenn man so wollte, stimmte das sogar.

Ott dachte, dass er quasi selber zum König der Erde werden könnte. Im eigenen Spiel als Figur herumzulaufen, war immer eine prima Sache. Stattdessen wurde sein virtueller Sohn von diesen verrückten Südländern ruckzuck umgebracht. Ott ließ ihn gleich wieder auferstehen, weil er sich das nicht gefallen lassen wollte, und gab den Befehl, dass überall auf Erde jedes Jahr eine Geburtsfeier für seinen Sohn veranstaltet werden musste. Und zwar auf deutsche Art, mit Schnee, Tannen, dicken Mänteln und Wollmützen, Schlitten, das volle Programm, auch bei dreißig Grad im Schatten.

Das war natürlich wieder mal extrem unlogisch, eigentlich hätte das Fest mit Olivenzweigen und in Badehose gefeiert werden müssen. Aber im Spiel ging das. Ott amüsierte sich, wenn alle paar Minuten – die Zeit konnte er laufen lassen, so schnell er wollte – überall auf Erde die Charaktere an Palmenstränden künstlichen Schnee aufhäuften, rote Mützen anzogen und aufgeregt herumliefen, um füreinander Geschenke zu besorgen. Dazu sangen sie Loblieder auf ihn, Ott. Eine feste Burg ist unser Ott. Zur Belohnung fuhr er dann immer ihr Aggressionspotential kurz runter. Sollten sie sich ruhig mal für einige Stunden ein wenig lieb haben, bevor die Action weiterging.

Die Zivilisation entwickelte sich trotz solcher gelegentlicher Interventionen zum größten Teil eigenständig, was den angenehmen Effekt hatte, dass die Kriege immer interessanter und ausgefeilter wurden. Sie erfanden sogar, ohne Otts Zutun, primitive Rechner, mit denen sie einfache Spiele spielten. Man durfte das nur nicht zu weit gehen lassen. Sobald die Technologie an einem bestimmten Punkt war, an dem die Bewohner von Erde anfingen, richtig durchzublicken und dem Geheimnis ihrer Existenz nahezukommen, wurde automatisch das Reset ausgelöst, und alles fing wieder mit der großen Schlacht der Menschen gegen die Neandertaler neu an. Armageddon. Das nächste Mal wollte Ott die etwas sensibleren Neandertaler gewinnen lassen, die emotional mehr draufhatten und nach zwei-, dreitausend Jahren meistens lernten, Gedanken zu lesen, was immer zu drolligen Verwicklungen führte.

Aber noch war es nicht so weit. In dieser Nacht hatte er beschlossen, Weihnachten einen neuen Drive zu geben. Er schickte einen Killer los, der immer genau an dem gewissen Tag auf der Erde herumschlich und sich Opfer suchte. Der Mörder sah ungefähr so aus und war ungefähr so begabt wie damals sein erster Sohn, nur tickte er genau andersherum. Er wollte die Menschen erlösen, aber nicht durch Liebe, sondern durch ihren Exitus. Dieser Sohn, sein zweiter, war kein Opfer wie sein Brüderchen, ganz im Gegenteil. Ein paar Wunder hatte er auch im Repertoire.

Abgesehen davon war er natürlich sterblich und alles, kein Übermensch, der Ausgang sollte offen sein. Würde den Figuren der Spaß an Weihnachten vergehen? Würden sie damit aufhören? Das war unwahrscheinlich. Aber eine gewisse Verunsicherung würde um sich greifen. Weihnachten mal auf die harte und ungemütliche Tour – das konnte dem Spiel nur guttun. Und Garfield Ott war eben mit Leib und Seele eine Spielernatur.

Die Heilige Familie

Die Beratungen in Maastricht zogen sich und zogen sich, bis sie einsahen, alle zusammen, beinahe gleichzeitig, dass sie es vor den Feiertagen nicht schaffen würden. Die Briten mauerten, die Polen wollten mehr Geld, die Franzosen lavierten, und der Luxemburger löste unter dem Tisch heimlich ein Sudoku. Jeder wollte nach Hause, jeder hatte genug von den anderen. Bei der Pressekonferenz musste Holz nicht unbedingt dabei sein, die Kanzlerin würde das machen. Er konnte am Abend zusammen mit den anderen zurück nach Berlin fliegen, aber er wusste nicht, was er da machen sollte. Termine standen nicht an.

Holz verabschiedete sich von seinen Mitarbeitern, Frohes Fest, und verließ das Gebäude durch den Hintereingang. Einer seiner Personenschützer telefonierte nach dem Fahrer. Holz atmete erleichtert die Winterluft ein, über der Maas stand Nebel. Er suchte in seiner Jacke nach Zigaretten. Weihnachten deprimierte ihn immer, Weihnachten war ein Sonntag hoch drei. Im letzten Jahr hatte er an Heiligabend alleine zu Hause gesessen, und wenn ihm nicht ganz schnell etwas einfiel, dann würde es in diesem Jahr so ähnlich laufen. Seit er Minister war, hatten sich die alten Freundschaften gelockert, wahrscheinlich aus Zeitmangel – viele Freundschaften waren es ohnehin nicht. Jemanden anzurufen und sich selbst einzuladen, brachte er nicht über sich, dazu war er zu stolz.

Holz wollte unbedingt Minister werden, das hatte er geschafft. Glücklicher wäre er wohl als Anwalt geworden, so viel war ihm inzwischen klar. Sein Ehrgeiz war müde und schlaff geworden über die Jahre, das hatte auch die Presse gemerkt. Zwei Jahre noch bis zu den Wahlen, im nächsten Kabinett würde er wahrscheinlich nicht mehr sitzen. Das Bundestagsmandat war vermutlich noch einmal zu halten. Sechs Jahre noch, dann Feierabend.

Die Personenschützer waren erleichtert, als er sie wegschickte, Richtung Flugplatz. Auf seine Verantwortung, na klar. Das waren sie gewohnt. Er konnte es nicht ertragen, ständig diese glatt rasierten, höflichen jungen Männer um sich herum zu haben. Er hatte ihnen oft genug gesagt, dass sie sich um die Vorschriften und Gepflogenheiten nicht zu kümmern brauchten, er nehme alles auf seine Kappe. Die Gefahr war überschaubar. Soweit er wusste, war er nicht sonderlich verhasst, auch nicht übermäßig beliebt. Er war in jeder Hinsicht unauffällig und ließ die Finger von Themen, die hohe Wellen auslösten. Er war ein fähiger Verwalter und ein treuer Gefolgsmann der Partei. Das schon.

Sie passierten die Grenze, die nicht weit war, und steuerten Aachen an. Dort entließ er auch den Fahrer und nahm ein Taxi. Es sei etwas Privates, was er vorhabe, sagte er, Frohes Fest, Alles Gute, am zweiten Feiertag um neun Uhr holen Sie mich dann bitte zu Hause in Zehlendorf ab.

Auch der Fahrer kannte seine Gewohnheiten. Vermutlich dachte er, dass Holz hier in der Nähe eine Geliebte hatte, weil es immer so lief, wenn Holz in dieser Gegend war. Vermutlich wunderte der Fahrer sich, weil er ihn doch ohne Weiteres zu seiner Geliebten hätte fahren können, bei anderen lief es doch auch so. Und auf die Diskretion der Fahrer konnte man sich einigermaßen verlassen, eher jedenfalls als auf die Diskretion eines Taxifahrers. Aber er sagte nichts.

Holz' Geliebte wohnte allerdings in Berlin, eine verheiratete Mitarbeiterin seines Ministeriums, die während der Feiertage natürlich unabkömmlich war. Dass er dieses Risiko eingegangen war, diese Affäre mit Potential für die Boulevardpresse, wunderte ihn selbst. Vor zehn Jahren, als der Ehrgeiz noch in ihm brannte, hätte er von so etwas die Finger gelassen. Aber hier ging es um etwas anderes. Er nannte dem Taxifahrer den Namen eines Dorfes in der Eifel, sechzig oder siebzig Kilometer entfernt. Der Taxifahrer, ein Afrikaner augenscheinlich, erkannte ihn nicht. Das war nämlich das Gute an Taxis, oft saßen am Steuer Menschen, die mit der deutschen Politik nichts am Hut hatten.

In Netwich stieg Holz auf dem Marktplatz aus und ließ sich die Nummer geben, unter der man hier ein Taxi rufen konnte. Er ging die paar Meter bis zum Schwarzen Falken und bestellte einen Glühwein. Die Kellnerin kannte ihn inzwischen, er hatte ihr auch mal ein Autogramm gegeben. Sie glaubte, dass seine Mutter hier in der Nähe wohnte. Es war längst dunkel inzwischen, aber noch nicht Abendessenszeit. Der Gastraum war leer. Holz nahm sich ein Zimmer, zur Sicherheit, falls es nachher zu spät sein würde, auf die fünfzig Euro kam es nicht an. Außerdem konnte er dort seine Tasche abstellen. Seine Mutter sei nun doch ein bisschen gebrechlich geworden, sagte Holz. Das überfordert sie, wenn ich bei ihr schlafe, die Arbeit wird ihr zu viel.

Der Weg war nicht sehr weit, aber doch unangenehm, in der Eifel war es kälter als in Maastricht. Holz ärgerte sich über seine Schuhe, schwarze, dünne Ministerschuhe mit glatten Sohlen, die bei jedem Schritt ein bisschen in den matschigen Waldboden einsanken. Das Haus lag am Rand von Netwich, eine ehemalige Scheune, sehr geschmackvoll ausgebaut. Unten ein einziger, riesengroßer Raum mit meterhohen Fenstern, frei stehendem Herd, Kamin und großen Sofas, oben zwei kleinere Zimmer, soweit das von außen zu erkennen war.

Es war sein siebter oder achter Besuch. Lange Zeit hatte er gar nicht gewusst, wo Greta lebt. Sicher, das hätte sich mit wenig Mühe herausfinden lassen. Was ihn von der Suche abhielt, wusste er genau, es war Scham. Nicht Feigheit, wirklich nicht, eher Scham. Dann hatte er doch irgendwann, nein, nicht irgendwann, vor drei Jahren ziemlich genau, Barbara gegoogelt. Sie arbeitete inzwischen als Physiotherapeutin, sie hatte eine Homepage, mit Adresse. Praxis im Haus. So einfach war das. Wenn man nur will, verliert man niemanden aus den Augen. Jemanden aus den Augen zu verlieren, ist immer ein bewusste Entscheidung. Barbaras Foto, offenbar von einem Profi gemacht, ziemlich schmeichelhaft, löste nichts in Holz aus, keine Wut, kein Bedauern, gar nichts. Fotos von Greta fand er nirgends.

Sein Beobachtungsplatz lag etwas erhöht, hinter einem Nadelbaum, die Arten konnte Holz nicht unterscheiden. Im Winter war es unbequemer, hier zu stehen, wegen des Wetters, aber auch sicherer und erfolgversprechender, die Dunkelheit draußen, die Beleuchtung im Haus. Greta war da. Sie saß im ersten Stock an ihrem Computer. Sie war jetzt vierzehn. Holz hatte darüber nachgedacht, unter falschem Namen im Internet mit ihr Kontakt aufzunehmen. Aber er wusste nicht, wie er das anstellen sollte, er war nicht gut in diesen Sachen und wollte niemanden um Rat fragen. Greta stand auf, verließ das Zimmer, kehrte mit einer Tasse zurück. Ihre Haare waren länger als beim letzten Mal. Das Kindliche verschwand allmählich, ihr Gesicht streckte sich, alles an ihr wurde länger und dünner. Holz holte sein Fernglas aus der Manteltasche.

Als Barbara damals schwanger wurde, war Holz sofort von der Verbindung zurückgetreten, weil das so zwischen ihnen nicht abgesprochen war. Das hatte Barbara alleine entschieden, damit sollte sie dann auch alleine zurechtkommen. Holz konnte sich damals ein Kind durchaus vorstellen, ganz allgemein, irgendwann vielleicht – aber nicht auf so eine Art, zufällig, jetzt, und nicht mit einer Frau, die er erst seit ein paar Wochen kannte und höchstens zehnmal getroffen hatte. Überrumpelungsstrategie, das kannte er von Parteitagen, damit kam man bei ihm nicht durch. Erst wird gewählt, dann wird die Koalition ausgehandelt, ganz zum Schluss werden die Posten besetzt. In genau dieser Reihenfolge, nicht andersherum.

Holz hatte bezahlt, monatlich, was zu bezahlen war. Als er, zwei oder drei Jahre nach der Geburt, vorsichtig seine Fühler ausstreckte, in Form eines freundlich tastenden Briefes, Entschuldigung, Panik damals, dumm gewesen, zur Besinnung gekommen, lass uns an das Kind denken, unser Kind, kam keine Antwort. Anrufe – fünf? sechs? – wurden nicht angenommen. Holz dachte das Übliche, wissend, dass er das Übliche dachte. Barbaras Wut verstand er ja, aber was tut sie denn Greta an, Greta als Werkzeug, Greta als Waffe. Er hätte den Rechtsweg beschreiten können, zumindest ein Umgangsrecht wäre dabei herausgekommen. Aber er wartete, er wog ab, die öffentliche Wirkung, das entsetzliche Verfahren gegen das bescheidene Recht, alle vierzehn Tage das Kind zu sehen, vielleicht, falls Barbara mitspielte, jetzt saß sie am längeren Hebel, nicht er, darauf lief es doch hinaus. Und so verging ein Jahr, und wieder eines, er war auf einmal Minister, und dann hatte er zu lange gewartet, dann war das Kind schon größer geworden, und er war ihr unwiderruflich ein fremder Mensch und schämte sich auch. Er hätte mehr tun können.

Jetzt stand er hier. Hauptsächlich aus Neugier. Oder aus welchem Grund auch immer. Sie war ihm ja auch ein fremder Mensch. Holz erinnerte sich nicht, seit seiner Schulzeit jemals mit einem Mädchen dieses Alters mehr als drei Worte gewechselt zu haben. Wie redeten die überhaupt, schon wie Erwachsene oder noch wie Kinder?

Greta, dachte Holz, ist der einzige Verwandte, den ich habe. Die Eltern tot, Einzelkind, keine Onkel, Tanten, Nichten und Neffen, da ist nur Greta, in diesem Haus, an ihrem Computer. Durch sein Fernglas sah er, dass in ihrem Zimmer ein Poster hing, auf dem ein junger Mann zu sehen war, den er nicht kannte. Es schien eine Filmszene zu sein, also wahrscheinlich ein Schauspieler. Im Erdgeschoss stand ein Baum, noch ungeschmückt.

Es schneite inzwischen. Holz fror, vor allem an den Füßen. Der Schnee war nass, Nässe und Kälte kletterten die Schuhsohlen hoch. Ein bis zwei Zentimeter waren bestimmt schon gefallen, und die Flocken wurden größer. Das konnte ja heiter werden auf dem Rückweg. Spuren würde er außerdem hinterlassen. Während Holz sich innerlich auf den Rückweg vorbereitete – zum Dorfplatz würde er sicher zwanzig Minuten brauchen, wenn nicht eine halbe Stunde –, hörte es auf zu schneien, und ein kalter, kristallharter Regen setzte ein. Holz schüttelte sich. Dann fasste er einen Entschluss. Er setzte Fuß vor Fuß, vorsichtig, wegen der Glätte, und stieg den Hang hinab, Richtung Haus. Er wusste noch nicht, was er sagen würde. Das hing auch davon ab, wer die Tür öffnete.

Barbaras Auto sprang wieder einmal nicht an, sie wollte längst schon zu Hause sein, um sich dort dem schwierigsten Weihnachtsfest ihres Lebens zu stellen. Stattdessen wartete sie auf den Pannendienst. Das Auto brauchte eine neue Batterie, das wusste sie. Aber finanziell war es nicht einfach zurzeit. Der Ausbau der Scheune war teurer gewesen als erwartet, die Praxis lief, na ja, so mittel. Die Gegend hier war dünn besiedelt, und Konkurrenz gab es reichlich. Der Rücksitz des Autos war mit Einkaufstüten bedeckt, die Gans lag im Kofferraum, dazu ein paar Geschenkpakete für Nachbarn, auf den letzten Drücker besorgt. Hier auf dem Land hielt man Kontakt, außerdem waren die Nachbarn potentielle Kunden. Für ein paar kleine Aufmerksamkeiten musste einfach Geld da sein. Der Pannenhelfer kam erst nach mehr als einer Stunde und wollte ihr natürlich eine neue Batterie verkaufen, alles andere hatte keinen Zweck. Sie konnte mit der Kreditkarte bezahlen.

Der letzte Anruf von Holz lag drei oder vier Jahre zurück. Das war auch kurz vor Weihnachten gewesen, am 23., wie an diesem Tag, Holz wollte mit Greta sprechen. Barbara hatte aufgelegt, wie jedes Mal. Sie fühlte sich nicht besonders gut dabei. Inzwischen wäre es möglich gewesen, mit ihm zu sprechen, ganz normal, und ein Arrangement zu treffen. Es gab ganz sicher üblere Typen als Holz – er war ichbezogen, karrierefixiert, kalt, das alles, aber gewissenlos oder bösartig war er nicht. Dass er ihr sofort unterstellt hatte, ihn mit einer Schwangerschaft, die ein Zufallsprodukt war, hereinlegen und zu irgendetwas zwingen zu wollen, hing auch mit seiner Politikerexistenz zusammen. Da wird ständig intrigiert und laviert, da gibt es keine Zufälle. Da belauert jeder den anderen. Darüber hatte Holz gejammert, dann hatte er gelacht und gesagt: »Ich bin selber auch so.« Damals war er noch ein einfacher Abgeordneter.

Das größte Problem bestand darin, dass Greta glaubte, ihr Vater sei tot. Irgendwas musste sie dem Mädchen doch sagen, als es anfing, Fragen zu stellen. Die Wahrheit war zu kompliziert. Gretas Vater ist ein wunderbarer Mann gewesen, er liebte sie sehr, er war so glücklich, als sie geboren wurde. Und dann starb er. Vier Wochen nach der Geburt. Im Laufe der Zeit stellte sich allerdings heraus, dass Lügen noch komplizierter sein können als die komplizierteste Wahrheit. Das fing mit dem Grab an, das Barbara ausgesucht hatte, ein Grab in Bonn, zu dem sie mit Greta in jedem Jahr zwei-, dreimal Blumen brachte, immer von der Angst geplagt, dass da auf einmal eine Witwe auftauchte oder sonst ein Verwandter. Natürlich stand über den Toten nichts im Internet, das hatte Barbara gründlich gecheckt. Und als Greta größer wurde und selber dahin wollte, zu diesem Grab, waren sie weggezogen. Greta besaß auch eine eigene Telefonnummer, die nicht im Telefonbuch stand. Für den Fall, dass Holz sie anrufen wollte. Ein paar Fotos des angeblichen Vaters gab es auch. Die Fotos zeigten einen von Barbaras Exfreunden, der inzwischen in Kanada lebte. Trotzdem war das Eis dünn. Früher oder später musste das alles herauskommen. Eine schreckliche, dumme Idee, ein Fehler, eine Idiotie. Barbara schämte sich, und seit sie ihren Fehler erkannt hatte, sah sie Holz in einem milderen Licht. Es war Zeit aufzuräumen.

Heute Abend. Barbara wollte kochen, ein bisschen gute Stimmung verbreiten und dann die Geschichte erzählen. Eine Geschichte, in der sie nicht gut aussah. Aber das musste sein. Greta war wie sie. Greta würde wütend reagieren, herumschreien, die Wände hochgehen. Und dann würde Barbara die Telefonnummer von Holz auf den Tisch legen. Ruf ihn an. Am besten jetzt gleich. Er wird sich freuen. Alles Weitere findet sich dann.

Die Straßen waren glatt. Eisregen. Barbara fuhr im Schritttempo. Dort, wo der Weg zu ihrem Haus abbog, an der leichten Steigung, drehten die Reifen durch, neue Winterreifen waren auch dringend nötig. Greta stand am

Herd und kochte Tee. Neuerdings mochte sie Früchtetee. Sie half beim Ausladen des Autos, widerwillig, wie immer.

»War was Besonderes?«, fragte Barbara.

»Ein Mann war da«, sagte Greta.

»Du hast dem doch hoffentlich nicht aufgemacht«, sagte Barbara. Das war der Nachteil des Hauses, die einsame Lage. Aber Greta wusste ja, was alles passieren kann. Die nächsten Nachbarn, fünf Fußminuten entfernt, nette Leute, die würden im Notfall sofort zu Hilfe kommen.

»Der Mann wollte mit dir sprechen«, sagte Greta. Sie hatte nicht die Tür aufgemacht, sondern das Fenster im Obergeschoss. Der Mann war schon älter und seltsam angezogen, schicker Mantel, Krawatte, darunter wohl ein Anzug, nicht das, was man trägt, wenn man in der Eifel durch den Wald läuft. Aber ganz nett offenbar.

Es tat ihm furchtbar leid, dass Barbara nicht zu Hause war. Er sei ein alter Freund, zufällig in der Gegend. Er lobte Greta, weil sie so vernünftig war, nicht die Tür aufzumachen. Das würde er seiner eigenen Tochter auch empfehlen, in so einem Haus muss man vorsichtig sein. »Weißt du«, rief der Mann, »es regnet doch so schlimm, und ich habe völlig falsche Sachen an, ich wollte eigentlich gar nicht vorbeikommen, das war eine spontane Idee. Ich bin ja selber schuld, wenn ich jetzt nass bin. Aber kannst du mir vielleicht was für den Rückweg runterwerfen? Eine Plastiktüte, die ich über den Kopf halten kann? Oder einen Schirm? Ein Schirm wäre natürlich das Allerbeste.«

»Da habe ich ihm meinen Kinderschirm runtergeworfen«, sagte Greta. »Mit den Bildern von Biene Maja drauf.

Den benutze ich sowieso nicht mehr. Oh, was für ein toller Schirm, hat er gerufen, das ist ab sofort mein Lieblingsschirm. Dann hat er doch tatsächlich seine Brieftasche genommen, alle Papiere und Plastikkärtchen rausgenommen und sie zu mir hochgeworfen. Siehst du, hat er gerufen, ich bezahle auch was für den schönen Schirm.«

»Und weiter?«

»Dann ist er gegangen. Hat sich ein paarmal umgedreht und gewunken. In der Brieftasche waren dreihundert Euro drin.«

»Sehr seltsam«, sagte Barbara. »Gut, dass du dem nicht aufgemacht hast. Normal ist das nicht.«

»Aber ich glaube nicht, dass er verrückt ist oder ein Perverser. Der wirkte nicht so. Vielleicht ist er einfach nur reich. Oder in Weihnachtsstimmung. Dreihundert Euro. Die können wir brauchen. Am Auto sind doch tausend Sachen kaputt.«

Dieses Ereignis beschäftige Barbara so stark, dass sie ihre Pläne für den Abend beinahe geändert hätte. Aber sie wusste, dass sie nur nach einer Ausrede suchte, um das Unangenehme, dieses Gespräch, das sie seit Monaten vor sich herschob, ein weiteres Mal verschieben zu können. Nein, diesmal nicht. Sie machte Rührei mit Kräutern, etwas Leichtes, morgen gab es schließlich die Gans. Barbara stand auf. Es war so weit.

»Koch uns noch einen Tee«, sagte sie. »Ich hole schnell Kaminholz. Und dann erzähle ich dir etwas. Etwas sehr Wichtiges.«

Der Weg zum Schuppen führte hinter das Haus, wo ein vereister Trampelpfad über eine leichte Anhöhe in

Richtung Dorf führte. Neben dem Schuppen, dort, wo der steile Teil des Weges begann, sah sie ihn liegen. Er sah alt aus. Seine Augen waren offen, in der Hand hielt er noch den Schirm. Der Regen auf seinem Mantel war bereits zu einer dünnen Eisschicht gefroren. Barbara sah, dass sie Holz nicht mehr helfen konnte. Dann ging sie langsam zurück zum Haus und erzählte ihre Geschichte.

Das Neue Testament

Ich möchte Ihnen berichten, wie ich das verrückteste Weihnachtsfest meines Lebens gefeiert habe, mit den schönsten Geschenken. Und zwar nicht einmal an Weihnachten, sondern mitten im Sommer.

Irgendwann haben wir beschlossen, uns am Heiligen Abend nichts mehr zu schenken. Die Kinder waren inzwischen aus dem Haus. Mit Kindern wäre so etwas schwer machbar, Weihnachten ohne Geschenke. Auch, wenn sie schon etwas größer sind. Man kann einem Kind ja schlecht sagen: So, weil du groß bist, schenken wir dir jetzt nichts mehr. Das bedeutet letzten Endes, dass man sein Kind für das Größerwerden bestraft oder ihm etwas entzieht, mit der Begründung, du rasierst dich jetzt, oder du benutzt jetzt einen Lippenstift.

Unsere Kinder, wir haben drei, wohnen inzwischen weit weg. Die leben, wie man so sagt, ihr eigenes Leben.

Uns ist die Kommerzialisierung von Weihnachten immer mehr auf die Nerven gefallen. Das geht schon im Oktober los. Immer nur kaufen, kaufen, kaufen. Ich bin christlich erzogen, auch wenn es lang her ist. Mir bedeutet der tiefere Sinn von Weihnachten schon noch etwas.

Und dieser Sinn heißt auf keinen Fall kaufen, kaufen, kaufen.

Am Heiligen Abend haben wir immer zu zweit zusammengesessen, hörten Radio – was im Fernsehen kommt, ist meistens grauenhaft –, schauten alte Fotoalben an und kochten etwas Leckeres. Irgendwann stand mein Mann jedes Mal auf, lächelte verlegen und holte aus seiner Schreibtischschublade ein kleines Päckchen. »Es ist nur eine Kleinigkeit«, sagte er. Dann stand ich ebenfalls auf und ging zum Kleiderschrank, denn ich hatte auch eine Kleinigkeit besorgt, eine CD, ein Buch, einen neuen Rasierpinsel, so etwas.

Das ist unser Weihnachten gewesen, in den letzten Jahren. Ganz schön, aber auch ein bisschen einsam.

Im Frühjahr des Jahres, von dem ich erzähle, bekam ich Leibschmerzen. Ich träumte die verrücktesten Dinge. Mir wurde oft schlecht. Ich habe sofort an Krebs gedacht. Aber ich bin nicht zum Arzt gegangen, stattdessen war ich in den ersten Wochen wie gelähmt. Ich wollte es nicht wahrhaben. Ich habe versucht, es zu ignorieren. Die Schmerzen gingen auch wieder weg. Die Träume blieben. Ich träumte oft von Weihnachten, von früher, mit den Kindern. Ich träumte von der Zeit, als wir verliebt waren. Das tat ein bisschen weh. Wir haben uns gern, aber Verliebtsein ist schon etwas anderes.

Nach einer Weile spürte ich dann deutlich eine Schwellung oder Geschwulst, und schließlich bin ich doch zu meinem Hausarzt gegangen. Als ich im Wartezimmer saß, dachte ich daran, was wohl aus meinem Mann werden wird, wenn ich gehen muss. So früh. Ich bin siebzig und hatte bis dahin nie gesundheitliche Probleme. Ich fahre viel Rad und gehe regelmäßig mit ein paar Freundinnen wandern. Mein Mann ist dreiundachtzig und schon ein bisschen tüttelig geworden in letzter Zeit.

Der Arzt untersuchte mich, betastete den Bauch und schüttelte dabei dauernd den Kopf. Dann sagte er, dass ich schwanger sei. Da sei er sich sicher. Fünfter Monat. Vielleicht sechster. Welche Hormone ich nehmen würde. Und wie lange schon.

Ich habe gelacht. Zuerst konnte ich gar nicht reden vor Lachen und vor Erleichterung. Kein Krebs, na, immerhin das. Dann habe ich gesagt: »Da irren Sie sich. Das kann ich Ihnen garantieren.« Bei meinem Mann und mir spielt das Sexuelle keine Rolle mehr. Seit Jahren nicht mehr. Ich vermisse es schon, hin und wieder hätte ich Lust, aber mit einem anderen könnte ich nichts anfangen, so bin ich nicht.

Der Arzt sagte, denken Sie bitte nach, Miriam, da muss etwas gewesen sein. Sie müssen sich nicht schämen deswegen. Das ist doch alles heutzutage kein Tabu mehr. Oder haben Sie vergessen, dass Sie Hormone genommen haben? Vergessen Sie oft etwas, in letzter Zeit? Ich bin richtig wütend geworden.

Am nächsten Tag bin ich zum Gynäkologen. Der Gynäkologe war angeblich eine Koryphäe und hatte keinen Termin frei. Aber als ich seiner Sprechstundenhilfe am Telefon meinen Fall geschildert habe, ging es auf einmal. Er hat sich fast eine Stunde Zeit genommen, obwohl das Wartezimmer voll war. Er hat gesagt, dass ich verschiedene Tests machen sollte, um die Gesundheit des Kindes zu überprüfen. Unter bestimmten Bedingungen sei auch so spät noch ein Abbruch möglich.

Das kam nicht infrage. Was die Diagnose betraf, hatte ich selbst auch schon an so etwas gedacht. Ich weiß schließlich, wie eine Schwangerschaft sich anfühlt. Ich habe auch Bewegungen gespürt. Aber das war eben nicht möglich. Es war völlig ausgeschlossen.

Der Gynäkologe sagte, dass er einen wissenschaftlichen Aufsatz über mich schreiben wolle. Ob ich eventuell bereit sei, mich von seinen Studenten untersuchen zu lassen. Das würde der Wissenschaft weiterhelfen. Ich sagte, Sie spinnen wohl.

Was ich niemandem erzählt habe, weil ich mich einfach nicht traute, war ein bestimmter Traum, den ich gehabt habe. In dem Traum sitze ich in der Küche, und plötzlich betritt eine junge Frau die Küche, groß, hübsch, breitschultrig, ein bisschen wie Franziska van Almsick. Sie wirkte sympathisch, aber gleichzeitig war es die Art von Person, mit der man nicht unbedingt Ärger kriegen will. Die Frau sagt, dass ich auserwählt sei und dass ich keine Angst haben soll.

Ich frage dann in dem Traum, wieso und zu was ich von wem auserwählt bin. Die Frau antwortet, ich soll einfach abwarten, dann merke ich es schon. Ich soll die Ruhe bewahren, mich gesund ernähren und nicht mehr so viel Rad fahren. Alkohol sei ab sofort tabu. Als ob ich mich nicht sowieso gesund ernähre! Warum ausgerechnet ich auserwählt sei, wisse sie auch nicht. Dafür seien andere zuständig. Aber auf jeden Fall sei ich nett, offen und reinen Herzens, das sei schon mal eine ganze Menge.

Das habe ich mindestens dreimal geträumt, aber das kann man doch niemandem erzählen. Da denken alle, dass ich ballaballa bin.

Als ich es meinem Mann erzählt habe, ist mein Mann erst mal auf den Dachboden gegangen, wo seine Modelleisenbahn steht, und hat zwei Stunden lang mit seiner Modelleisenbahn gespielt. Dann ist er wieder heruntergekommen und hat gesagt, er würde mir verzeihen. Ich hätte sicher einiges vermisst in den letzten Jahren. So eine Geschichte bräuchte ich ihm nicht zu erzählen. Ob ich ihn verlassen will.

Ich habe geweint und gesagt, was soll ich bloß machen, nicht einmal du glaubst mir. Und du kennst mich doch genau und müsstest wissen, dass ich so etwas nicht erfinde. Nein, ich will dich nicht verlassen.

Mein Mann hat gesagt, dass er froh ist darüber, dass ich bei ihm bleibe. Diese Sache würde er einfach auf sich beruhen lassen. Wenn ich nicht darüber reden wolle, wie das Kind entstanden sei, dann akzeptiere er das. Aber wie es jetzt weitergehen soll. Was wir unseren Kindern erzählen werden. Falls das Baby wirklich zur Welt kommt.

Wir haben den Kindern erst mal gar nichts gesagt. Unser Sohn lebt mit der Familie in Kanada und kommt alle zwei Jahre auf Besuch, mit der jüngeren Tochter sind wir zerstritten. Der älteren Tochter gegenüber habe ich nur erwähnt, dass ich in letzter Zeit zu viel Schokolade esse und eine Wampe kriege wie ein Bierkutscher.

Die Untersuchungen haben ergeben, dass es sich um ein gesundes Kind zu handeln scheint. Mein Mann meinte, dass Ulrich Wickert auch in sehr fortgeschrittenem Alter

Vater geworden sei, dann würde er das auch hinkriegen. Und im Gegensatz zu Ulrich Wickert habe er sein Leben lang körperlich gearbeitet. Das sei noch mal eine Aufgabe. Die Modelleisenbahn würde ihn sowieso nicht auslasten. Er hat nie wieder eine Anspielung gemacht oder nach dem Vater des Kindes gefragt. Mein Mann ist wirklich ein sehr lieber Mann, das hat bei der Auswahl der Kindseltern wahrscheinlich auch eine Rolle gespielt.

Die nächsten Monate sind überraschend normal verlaufen, es war alles ungefähr so, wie ich es kenne. Der Hauptunterschied zu meinen früheren Schwangerschaften bestand darin, dass Reporter bei uns angerufen haben. Ich glaube, eine der Sprechstundenhilfen hat uns das eingebrockt. Im Traum ist mir noch mehrere Male die Frau erschienen, die wie Franziska van Almsick aussieht. Sie sagte: »Miriam, eines muss klar sein. Du sprichst nicht mit den Medien. Wir können auch unfreundlich sein, weißt du.« Dabei hat sie mir mit einem brennenden Schwert vor der Nase herumgefuchtelt. Aber ich glaube, das war mehr Spaß. So richtig Angst habe ich nicht bekommen.

Mein Mann hat die Idee gehabt, dass wir unser Testament ändern sollten. Wir haben beim Notar ein Berliner Testament hinterlegt. Das heißt, wenn einer von uns stirbt, erbt erst mal der überlebende Ehepartner alles. Nach dessen Tod wird der Rest unter den Kindern verteilt. Mein Mann meinte, dass es wegen unseres Alters passieren kann, nein, es sei sogar wahrscheinlich, dass wir beide sterben, während das Kind sich noch in der Ausbildung befindet und Geld braucht. Es könnte auch passieren, dass der überlebende Partner senil ist und nichts mehr für das Kind tun kann oder im Heim lebt und dass dabei das gesamte Geld verbraucht wird. Außerdem wäre damit zu rechnen, dass die älteren Geschwister nicht gut auf den Nachzügler zu sprechen sind.

Um das Kind abzusichern, sollten wir einen Vormund bestimmen, der sich um alles kümmert, und das Kind zum Soforterben bestimmen, mit einem Viertel. Mein Mann ist wirklich lieb. Er sagte, so ein kleiner Wurm hat das Geld nötiger als die Älteren, die schon im Beruf stehen und verdienen.

Ein Testament, das man gemeinsam aufgesetzt hat, kann man nur gemeinsam ändern. Der Notar wohnte in Mainz, weil wir da früher gelebt haben, bevor mein Mann in Rente ging und wir das Haus in Bad Nenndorf gekauft haben, wo die Preise günstiger sind. Also mussten wir nach Mainz. Morgens hin, abends zurück. Ich hatte noch ein bisschen Zeit bis zum Termin.

Als wir aus dem Zug gestiegen sind, spürte ich etwas. Ich weiß genau, wie es sich anfühlt, wenn es so weit ist. Bei meinem Mann habe ich davon nichts erwähnt. Sein Herz ist ja nun auch nicht mehr das beste. Ich dachte, den Notartermin schaffen wir noch. Das ziehen wir durch.

Wir fahren mit dem Taxi zum Notar. Wir gehen in das Büro, die Sekretärin schaut uns entgeistert an. Nein, wir stehen nicht im Terminkalender. Hat diese dumme Nuss sich doch im Termin geirrt und uns für den nächsten Tag eingetragen! Außerdem starrt sie mir auf den Bauch.

Ich sage: »Ja, schauen Sie ruhig. Und wenn Sie fertig geschaut haben, rufen Sie uns bitte ein neues Taxi.«

Jetzt dachte ich wieder, dass es noch ein bisschen dauern kann. Zurückzufahren habe ich für keine gute Idee gehalten. Dann würde es vielleicht im Zug passieren. Wir mussten einfach abwarten und dann ins Krankenhaus. Notfälle dürfen sie im Krankenhaus nicht ablehnen.

Der Wagen kommt, ein großer Mercedes, der Fahrer versteht kaum ein Wort Deutsch. Ich kann nicht begreifen, dass so jemand Chauffeur werden darf. Mein Mann sagt, dass wir eine gemütliche Herberge suchen, es dürfte ruhig etwas Besseres sein. Obwohl er sonst immer sehr sparsam ist, hat er das gesagt.

Das Wort »Herberge« hätte er besser nicht verwendet. Das hat der Taxifahrer nicht richtig verstanden. Er hat uns, immer seinem Mercedesstern hinterher, zur Jugendherberge gebracht, die in der Nähe des Rheinufers liegt, bei einem Park. Das sah erst mal hübsch aus. Wir steigen aus, mein Mann bezahlt, gibt ein schones Trinkgeld, das Taxi fährt weg. Und da stehen wir.

In der Jugendherberge sagen sie, dass sie auch Ältere aufnehmen. Sie seien aber ausgebucht. In der Stadt sei im Moment schwer etwas zu kriegen, weil gerade ein großes Fest gefeiert werde, die Johannisnacht. Der junge Mann bietet an, uns ein neues Taxi zu rufen. Da ist man natürlich erst mal ratlos. Sollten wir auf gut Glück herumfahren und ein Hotel suchen?

In diesem Moment geht es los. Ich schaffe es gerade noch in den Schlafsaal der Herberge, lege mich unten in ein Stockbett, und nach zehn Minuten ist es geschafft. Meine dritte Geburt ging auch schnell, ich glaube, von Mal zu Mal wird es einfacher. Mein Mann hat versucht zu helfen, aber besonders nützlich ist er nicht gewesen. Er hat Schwierigkeiten, sich zu bücken, und außerdem Arthrose in den Fingern.

Dann sehe ich, dass die Frau aus meinem Traum an der Tür steht. Außerdem betreten drei Taxifahrer den Raum. Sie gratulieren uns in ihrem komischen Deutsch und sagen, dass einer von ihnen uns jetzt kostenlos ins Krankenhaus fährt. Die drei haben uns sogar Geschenke mitgebracht, jeder von ihnen eines. Der erste, ein Russe, hat uns eine Flasche selbst gemachten Wodka geschenkt, der Rest davon steht heute immer noch bei uns herum. Der zweite, ein Araber, hatte eines von diesen Palästinensertüchern dabei. Der dritte aber, ein Afrikaner mit Rastalocken, drehte eine Zigarette und sagte, da sei allerbestes Gras drin, damit würde ich sofort meine Schmerzen vergessen. Bei ihnen zu Hause würden die Frauen das bei der Geburt auch machen – gut, gut, kein Problem, hat er gesagt.

Das waren endlich einmal Geschenke, die von Herzen kamen. Nichts Kommerzielles. Ich habe mir gesagt, was soll's. Und so habe ich zum ersten Mal in meinem Leben einen Joint geraucht, die Fahrer und mein Mann haben mit dem Wodka angestoßen. Das Baby haben wir in das karierte Tuch gewickelt. Und wenn wir sterben, wird der Afrikaner zum Vormund. Das ist ein echter Häuptling.

Das Weihnachtsbaumwunder

Ich heiße Holger, bin von Beruf Systemadministrator und seit elf Jahren mit Brenda zusammen. Es ist eine wunderbare Beziehung, in jeder Hinsicht. Ich glaube, da spreche ich auch für Brenda. Wenn wir uns jemals gestritten haben, dann immer nur an Weihnachten. Und zwar jedes Mal wegen des Baumes.

Brenda hat sehr genaue Vorstellungen von einem Weihnachtsbaum. Der Baum muss ungefähr einen Meter achtzig hoch sein, damit er was hermacht, aber trotzdem noch gut in die Wohnung passt. Regelmäßiger Wuchs ist ihr sehr wichtig. Es darf keine kahlen oder schütteren Stellen geben. Die Nadeln müssen eine intensive grüne Farbe haben, aber nicht zu intensiv. Sonst sieht es nach Plastik aus. Und so weiter. Der Baum, den ich anbringe, ist immer falsch. Es gibt immer irgendein Detail, das nicht stimmt.

»Brenda, Häschen«, sage ich dann, »komm doch einfach mal mit zum Baumkaufen.« Aber sie hat immer so viel vorzubereiten. Sie bäckt Plätzchen, sie dekoriert die Wohnung. Das kann ich beides bei Weitem nicht so gut wie sie. Wir laden zum Fest gern Freunde ein, meistens kommen acht oder zehn Gäste. Wenn sie zum Aussuchen mitkommen würde, könnte Brenda sehen, dass es wirklich keinen schöneren Baum gab. Ich bin bei mindestens drei Händlern gewesen und habe den schönsten ausgesucht. Es war der schönste Baum. Punkt. Brenda hätte garantiert genau den gleichen genommen, wenn sie ihn gesehen hätte, vorher, bevor ich ihn in die Wohnung gebracht habe.

Aber in dem Moment, in dem der Baum die Wohnungsgrenze überquert, ist er nicht mehr irgendein Baum, ein Baum, den man objektiv betrachtet, nein, es ist der Baum, den der Holger ausgesucht hat und der wieder einmal nicht der richtige Baum ist.

Ich sage: »Brenda, macht dir das Spaß? Machst du das gerne, Häschen, das mit dem Baum? Immer zu schimpfen? Gibt dir das was? Schau ihn dir doch einfach mal an, ganz in Ruhe, vergiss, dass ich diesen Baum gekauft habe, denk, dass es irgendein Baum ist, dann merkst du, wie schön er ist. Hier, die Nadeln, grün, keine einzige gelbe oder braune, der Stamm, die Äste, alles perfekt, die Höhe, komm, Brenda, komm her, mein Häschen, fass den Baum an, er ist schön.«

Brenda sagt, der Baum ist indiskutabel. Aber es würde schon gehen. Das ist jetzt halt unser Baum, damit muss Brenda zurechtkommen, macht ja nix. Mit Dekoration kann man ein bisschen was korrigieren, das Krumme, das Schäbige, mit Dekoration kriegt Brenda das hin, muss ja. Brenda fragt: »Wo kommt der Baum in diesem Jahr denn her? Aus Bangladesch?«

So fängt der Streit meistens an.

In diesem Jahr war der Baum zu groß. Sagte Brenda,

und zwar am Morgen des 24. Dezember. Der Baum war einen Meter und achtzig hoch, wie immer. Vielleicht einen Meter und fünfundachtzig.

Brenda fragte: »Siehst du nicht, dass er an die Decke stößt? Die Spitze biegt sich.« Außerdem war ihr der Baum zu breit. Er war viel zu ausladend.

Ich sagte, dann säge ich eben ein Stück ab von dem Baum, ich kürze die Äste, und die Seite mit den gekürzten Ästen stellen wir an die Wand. Da fällt das überhaupt nicht auf.

Brenda machte nur ein Geräusch, ein »Pfff« oder »Puh«, was weiß ich.

Zuerst musste ich den Baum aufstellen. Ich habe den Baumständer aus der Kammer geholt. Der Stamm war zu dick und passte nicht in die Öffnung von dem Baumständer. Also habe ich die Axt genommen.

Brenda sagte: »Das ist nicht dein Ernst.«

Ich sagte, doch, doch, das ist mein Ernst. Der Stamm ist zu dick, und jetzt mache ich den dicken Stamm dünner, damit er passt. Und das ist mein Ernst, ja, durchaus.

Brenda sagte: »Aber doch nicht in der Wohnung auf dem Parkett.«

Da habe ich den Baum in Richtung Balkon geschleppt. Der Baum passte nicht auf den kleinen Balkon, das sah man sofort. Also habe ich den Teil mit den Ästen in der Wohnung gelassen und nur den unteren Teil, den Teil mit dem Stumpf, auf den Balkon gezogen. Der Baum war halb drinnen, halb draußen. Ich also mit der Axt an den Stamm.

Brenda sagte: »Wie kann man nur so einen Baum kaufen, so ein Monstrum, für eine Wohnung von neunzig Quadratmetern.«

Dann ging sie zum Glück in die Küche, Plätzchen backen.

Ich hacke und hacke, und bin natürlich nervös wegen der dauernden Kritik. Deswegen rutscht mir die Axt aus. Sie trifft den Blumentopf mit dem Bonsai, der Ziereiche, die Brenda so liebt. Die Krone der Ziereiche habe ich mit einem einzigen Axtschlag abgehauen. Ich denke, nicht das auch noch. Also habe ich den Rest von dem Blumentopf und den Rest von der Ziereiche in eine Tüte gestopft, damit Brenda das erst mal nicht sieht. Im Winter geht sie nicht oft auf den Balkon. Ich dachte, wir klären das später, nach Weihnachten. Ich kaufe ihr einen neuen Bonsai.

Nun wollte ich also den Baum aufstellen und habe gemerkt, dass ich zu viel von dem Stamm weggehauen hatte. Der Stamm war unten nur noch so dünn wie ein Babyärmchen. Ich wollte es halt besonders gut machen, wegen Brendas dauernder Kritik. Das kommt davon. Der Stamm war jetzt zu dünn für den Ständer, aber ich konnte unmöglich losgehen und einen neuen Ständer kaufen, das hätte nur wieder zu Kritik geführt.

Ich habe versucht, Tempotaschentücher in die Öffnung zu stopfen, damit der Stamm hält. Aber die Taschentücher waren zu weich, der Baum ist immer wieder umgekippt. Ich hatte dann eine Idee, die wirklich gut ist. Ich habe ein, zwei Kerzen genommen und angezündet und habe, auf dem Boden kniend, mit einer Hand an dem Baum, Wachs in die Öffnung geträufelt, bis die Öffnung voller Wachs war. Das Wachs wurde hart, und der Baum stand in dem harten Wachs so fest, als ob er in Beton gegossen wäre. Ich dachte, nächstes Jahr kaufe ich in aller Ruhe einen neuen Ständer, überhaupt kein Problem.

Dann bin ich aufgestanden und habe mir den Baum angeschaut. Ich habe gemerkt, dass der Baum tatsächlich oben an der Decke angestoßen ist, nein, der bog sich sogar richtig, die Spitze bog sich nach unten. Der Baum war tatsächlich ein bisschen zu groß.

Warum? Weil es im Jahr davor wochenlang Kritik daran gegeben hatte, dass der Baum zu klein ist. Nur deswegen. Ich wollte es diesmal nur richtig machen.

Das Problem war, dass ich jetzt unten den Stamm nicht mehr absägen konnte, weil der Stamm in den Baumständer einbetoniert war und weil ich nur diesen einen Baumständer hatte und weil von dem Stamm unten sowieso fast nichts mehr übrig war. Tausend Gründe. Das war ein richtig großes Problem.

Ich habe schnell die Säge genommen und habe aus der Mitte des Baums ein ungefähr zwanzig Zentimeter langes Stück herausgesägt, besser gesagt, aus dem oberen Drittel, wo ich gerade noch drankam und wo der Stamm nicht mehr so dick war. Dann habe ich die zwei Baumteile mit Alleskleber zusammengefügt. Ich habe mit dem Kleber Erfahrung, der ist wirklich gut und hält bombig. Das herausgesägte Stück habe ich auf dem Balkon klein gehackt und habe die Reste, weil mir auf die Schnelle nichts Besseres eingefallen ist, im Bad in den Korb mit der Schmutzwäsche getan, ganz unten, wo Brenda es erst mal nicht merkt. Ich dachte, kein Problem, wenn Brenda demnächst wieder mal bei der Fußpflege ist, nehme ich das mit und entsorge es. Bis dahin kümmere ich mich um die Wäsche, ich mache sowieso zu wenig im Haushalt.

Das klingt jetzt vielleicht alles ganz einfach und locker, wenn ich es erzähle. Aber es hat gedauert, ich war bestimmt zwei, drei Stunden am Ackern, obwohl ich mich extrem beeilt habe. Und dauernd war da in mir so eine Angst, dass Brenda auftaucht und mich wieder kritisiert. Wenn sie am Backen ist, vergisst sie aber zum Glück die Zeit und ist richtig happy.

Gerade, als ich fertig geworden bin, erst dann, biegt Brenda um die Ecke, Plätzchenduft weht in die gute Stube, und ich sehe Brenda sofort an, dass sie gut drauf ist.

Ich sage: »Na, Brenda, wie findest du unser Bäumchen?«

Brenda sagt: »Könnte schlimmer sein.«

Sie kuckt aber gar nicht richtig hin, weil sie möchte, dass ich von ihren Plätzchen probiere. Was ich auch tue. Brendas Plätzchen schmecken wirklich gut, ich sage ihr das auch, aber vielleicht nicht überschwänglich genug, weil ich finde, dass sie mich nach dem ganzen Stress mit dem Baum ruhig auch hätte ein bisschen loben können.

Dann wollten wir den Baum schmücken. Brenda legt dazu immer Weihnachtsmusik auf. Sie hat den Baumschmuck selber gebastelt, sogar die Kugeln, weil sie mal in einem Glasbläserworkshop gewesen ist. Da haben die das gelernt. Die fertigen Kugeln hat sie auch selbst bemalt. Es sieht hübsch aus, na gut, ein bisschen kitschig vielleicht, aber an Weihnachten darf es ruhig mal kitschig sein. Dazu ist Weihnachten ja da. Brenda will den Weihnachtsschmuck holen, da fällt es mir wie Schuppen von den Augen, und mir wird klar, dass der Weihnachtsschmuck in

genau der Tüte sein muss, die sie vorsorglich aus dem Keller geholt und auf den Balkon gestellt hat. Die Tüte, in die ich den enthaupteten Bonsai hineingestopft habe.

Brenda sagt gar nichts. Wenn sie schweigt, ist das nach meiner Erfahrung ein schlimmeres Zeichen, als wenn sie redet. Solange es Kommunikation gibt, ist auch Verständigung möglich, sage ich immer.

Ich verspreche Brenda, dass ich ihr als Ersatz sogar zwei Bonsais kaufen werde. Großes Ehrenwort. Ich sage, Häschen, wenn du möchtest, räumen wir mein Arbeitszimmer aus und machen einen Bonsaigarten daraus. Herr im Himmel – es ist nur ein Baum.

Brenda schweigt. Sie packt den Weihnachtsschmuck aus und fängt an, den Baum zu schmücken. Sie beißt sich dabei auf die Lippen. Wenn sie wütend ist, sieht Brenda immer besonders süß aus. Ich gehe zu ihr, ich versuche, sie zu umarmen, ich flüstere ihr ins Ohr, dass wir es uns nach dem Baumschmücken so richtig gemütlich machen, mit allem, was dazugehört, aber Brenda versucht sich aus meiner Umarmung zu lösen, mit aller Kraft. Dabei bleibt sie am Baum hängen, und der Baum fällt um, genau auf die Tüte mit dem Weihnachtsschmuck. Der Baum zerbricht dabei in zwei Teile, weil der Alleskleber doch nicht so gut ist, wie ich vorhin behauptet habe.

Ich sage: »Schau nur, was du da in deiner Wut angerichtet hast, Häschen. Die ganzen Glaskugeln sind kaputt. Und der Baum ist auch hinüber. War dein Bonsai das wirklich wert?«

Diese Bemerkung werfe ich mir bis heute vor. Das war einfach nicht okay von mir. Ich habe so getan, als ob Brenda den Baum kaputt gemacht hätte, obwohl alles nur meine Schuld gewesen ist. Ich wollte mich schützen. Sich zu schützen ist, glaube ich, bis zu einem bestimmten Punkt legitim. Aber da bin ich zu weit gegangen.

Brenda ruft: »Weihnachten können wir dieses Jahr vergessen!« Und dann sagt sie, dass sie mir mein Geschenk genauso gut jetzt gleich geben könne, rennt ins Bad, wo sie das Geschenk versteckt hat, im Wäschekorb, wo sonst, und im Wäschekorb findet sie den abgesägten, zerkleinerten Mittelteil des Weihnachtsbaums.

Ich gebe sofort alles zu. Ich sage, dass es mit dem Aufstellen des Weihnachtsbaumes einfach ein bisschen blöd gelaufen ist dieses Jahr, und dass ich nur gelogen habe, weil ich ein bisschen Zeit gewinnen wollte, und dass wir vielleicht insgesamt zu perfektionistisch an Weihnachten herangehen. Es kommt doch überhaupt nicht auf Äußerlichkeiten an. Wie der Baum aussieht, ist doch egal, es kommt auf die innere Harmonie an, auf Yin und Yang und auf die Haltung, die man hat. Das denke ich wirklich. Dann nehme ich die Kerzen und stecke sie auf den unteren Teil des Weihnachtsbaumes, den Stumpf. Ich zünde die Kerzen an und sage, schau, der Baum sieht scheiße aus, das sieht jedes Kind, aber es ist unser Baum, der Baum, den das Schicksal uns nun mal zugeteilt hat, das ist unser Baum, Häschen, und darum ist er schön, egal, wie er für andere Leute aussieht.

Brenda heult. Ich nehme sie in den Arm, ich bin jetzt total fürsorglich und verständnisvoll und entschuldige mich ungefähr tausendmal. Ich sage, komm, lass uns in die Badewanne gehen. Das hat sie gern. Wir ziehen uns im Wohnzimmer aus, ich lasse Wasser einlaufen, tue das chinesische Entspannungsöl hinein, und Brenda sagt: »Holger, warum baust du nur immer so einen Mist.«

Ich sage: »Nächstes Jahr fahren wir an Weihnachten weg und kaufen überhaupt keinen Baum.« Brenda nickt, sie schluchzt noch ein bisschen, aber sie beruhigt sich. Wir setzen uns in die Wanne, hören von draußen die Weihnachtsmusik, und nach etwa zwei Minuten sind wir mittendrin im schönsten Versöhnungssex.

Nachdem wir fertig sind, höre ich eine Lautsprecherstimme. Brenda hört sie auch. Die Stimme sagt: »Achtung, Achtung, verlassen Sie das Haus nicht über die Treppen, ich wiederhole, nehmen Sie nicht die Treppe.«

Ich steige aus der Wanne und schaue ins Wohnzimmer. Das Wohnzimmer brennt. Es ist wohl so gewesen, dass die Hitze der Kerzen das Wachs, in dem der Baum stand, irgendwie weich gemacht hat, oder vielleicht war das Wachs generell keine gute Idee. Der Baum ist jedenfalls umgestürzt, und jetzt brennt alles. Sogar die Kleider, die wir im Wohnzimmer liegen gelassen haben.

Wir schauen aus dem Badfenster. Unten hat sich jede Menge Feuerwehr versammelt. Aus drei oder vier Schläuchen halten sie voll auf das Haus drauf. Sie haben ein Sprungtuch aufgespannt. Während wir rausschauen, fällt an uns die alte Dame vorbei, die in der Wohnung über uns wohnt, also im fünften Stock. Sie landet im Sprungtuch, springt noch zwei- oder dreimal hoch, dann kriegen die Feuerwehrmänner sie zu packen. Die Feuerwehrmänner sehen uns und rufen, dass wir springen sollen, am besten zeitnah.

Brenda sagt, dass sie ohne Kleider auf gar keinen Fall springt. Unten stehen nicht nur die Feuerwehrmänner, sondern auch die meisten unserer Nachbarn. Ich sage: »Brenda, du musst deinen Körper wirklich nicht verstecken, und ich glaube, das weißt du auch.« Brenda sagt, dass sie versuchen will, wenigstens mein Geschenk und ein paar von den Plätzchen aus der Wohnung zu holen. In dem Moment fällt mir ein, dass ich noch gar kein Geschenk für Brenda besorgt habe, das will ich noch machen, bis vierzehn Uhr haben die Geschäfte ja noch auf, mindestens.

Das klingt extrem romantisch, und es war auch romantisch. Wir sind Hand in Hand gesprungen, beide nackt. Es hatte minus zwei Grad. In der freien Hand hat Brenda mein Geschenk gehalten, ein Reisenecessaire aus echtem Leder, ich hielt Brendas Plätzchendose. Und kaum waren wir unten, ist etwas Wunderbares passiert. In der kleinen Zwei-Zimmer-Wohnung in zweiten Stock wohnt eine chinesische Familie, die haben immer einen Haufen Feuerwerkskörper gebunkert, und auf einmal sind die alle explodiert. Brenda und ich standen auf der Straße, bekleidet nur mit Decken von der Feuerwehr, umgeben von etwa zweihundert Leuten. Über uns zischten diese chinesischen Raketen in den Himmel und explodierten in allen Regenbogenfarben. Vor uns brannte das Haus nieder, wir küssten uns, und es war uns völlig klar, dass wir uns lieben bis in alle Ewigkeit und genau jetzt das tollste Weihnachtsfest erleben, was es in diesem Jahrhundert gegeben hat. Ich glaube, da spreche ich auch für Brenda.

Das Fest

Rainers Vater hatte im September seinen siebenundneunzigsten Geburtstag in kleinem Kreis gefeiert. Rainer war beruflich verhindert und schickte eine Flasche alten Cognac, vom Geburtsjahrgang seines Vaters. Deshalb hatte Rainers Frau Gudrun die Idee, die ganze Familie zum Weihnachtsfest einzuladen. Wer weiß, sagte sie, wie lange deine Eltern noch fit genug sind. Das ist vielleicht die letzte Gelegenheit für ein Familientreffen, so richtig mit allen.

Rainers Vater litt unter zunehmender Vergesslichkeit. Körperlich war er noch erstaunlich gut in Schuss. Meistens wusste er auch, welcher Tag gerade ist und wie seine Kinder heißen. Aber die darüber hinausgehenden Feinheiten vergaß er ständig. Rainers Mutter konnte nach einem leichten Schlaganfall ihr linkes Bein nicht mehr gut bewegen, außerdem lallte sie beim Sprechen ein wenig, wie eine Betrunkene.

Ja, viel Zeit blieb nicht mehr. Rainer hatte sich trotzdem gesträubt. War das eine letzte Gelegenheit oder eine Bedrohung? Er befürchtete, dass er sich bei diesem Fest fühlen würde wie in einem skandinavischen Film, vielleicht einem Film des Regisseurs Lars von Trier. Solche

Feste entgleisten doch meistens. Es sei denn, die Familienmitglieder liebten einander irgendwie, und es gab nichts Unausgesprochenes, das zwischen den Teilnehmern stand und mühsam unter der Decke gehalten werden musste. Aber Familien, in denen alle einander liebten und in denen es keine Tabuthemen gab, existierten seines Wissens nicht. In der Dritten Welt oder in Osteuropa gab es solche Familien vermutlich. Der Existenzkampf, die Armut, so was schweißt die Leute zusammen.

Wenn alle sich zusammenrissen, konnte es vielleicht klappen.

In ihrer Familie war immerhin niemand als Kind sexuell missbraucht worden – über ein Familienfest mit diesem Problemhintergrund hatte Rainer auch schon mal einen skandinavischen Film gesehen –, und es gab keine größeren politischen Verwerfungen. Rainers Vater hatte sich in der Nazizeit aus allem herausgehalten. Kein Wunder, er hielt sich ja immer aus allem raus.

Rainer sah drei mögliche Konfliktlinien. Erstens die Trinkgewohnheiten seiner Schwester Rieke, genannt Rapunzel, wegen ihrer hüftlangen Mähne. Rapunzel trank eigentlich gar nicht so viel, also nicht extrem, aber seit er denken konnte, hatte seine Mutter jedes Glas der Tochter mit sarkastischen oder kritischen Bemerkungen kommentiert. Das mochte Rapunzel überhaupt nicht, da ging sie immer sofort zum Gegenangriff über. Außerdem war Rapunzel ledig und kinderlos geblieben, angeblich, ohne lesbisch zu sein. Rainers Mutter aber war nicht von der Ansicht abzubringen, dass ihre Tochter in Wirklichkeit eben doch lesbisch war und ihr diese Tatsache verschwieg, was Rainers Mutter für extrem kränkend und kleinkariert hielt. Warum konnte Rieke nicht offen sein zu ihrer Mutter? So eine sexuelle Abweichung war doch nun wirklich kein Problem mehr heutzutage, sagte Rainers Mutter oft. Rieke solle sich mal ein Beispiel an Wolfgang Joop nehmen oder an Anne Will. Die seien in dieser Hinsicht alle viel lockerer als Rieke. Und würden deshalb auch weniger trinken. Die brauchen das eben nicht.

Das zweite Problem waren Rainers und Gudruns Kinder Tobias, Vinzenz, Sarah und Nora. Das waren zu viele Kinder. Rainers Eltern vertraten die Meinung, dass Gudrun, ein unverbesserliches Muttertier, diese unüberschaubare Kindermasse ihrem Mann gegen dessen Willen irgendwie aufgeschwatzt oder untergeschoben hatte. Wegen der Kinder war in Rainers Haushalt natürlich immer das Geld knapp – Geldmangel in einem Professorenhaushalt! Und Rainer, der sowieso zu viel arbeitete, musste, nur um seine Kinder satt zu bekommen, nebenbei Vorträge an der Volkshochschule halten. Sind zwei Kinder denn nicht genug? Nun, wo sie da sind, liebt man die Enkel natürlich trotzdem, aber musste das sein?

Gudrun steckte das alles aber erstaunlich gut weg. Sie war ein Familienmensch, voller Güte und Verständnis, womöglich hing es auch mit ihrer katholischen Erziehung zusammen.

Das dritte und größte Problem bestand darin, dass Rainer seine Eltern nicht sonderlich mochte. Warum auch immer.

Es lief dann erst mal erstaunlich gut. Die Eltern waren bester Laune, trotz der anstrengenden Zugfahrt. Die

Kinder schmückten den Baum, bis auf Tobias, den Ältesten, der in seinem Zimmer saß und mit seinem Computer spielte. Das machte er in letzter Zeit eigentlich immer.

Rainers Vater fand bewundernde Worte für Gudruns Weihnachtsdekoration. Rapunzel trug eine schwarze Federboa und dazu einen lila Lidschatten, sie sah aus wie einem Horrorfilm entsprungen. Aber alle hielten sich mit Bemerkungen zurück. Rainers Mutter humpelte in die Küche und half Gudrun beim Kochen. Rainer hielt die Kinder bei Laune. Sie gingen spazieren, Rainers Mutter blieb zu Hause und deckte den Tisch, nein, das machte ihr nichts aus. Vor der Bescherung riefen sie Gudruns Eltern an, die auf Mallorca lebten, und Gudruns Bruder, der nach Rainers Ansicht Drogendealer oder Geldwäscher war, jedenfalls lebte er in der Karibik, machte dort Geschäfte und hatte viel Geld, über dessen Herkunft er nicht gerne sprach. Aber er war ein netter Typ, fand Rainer.

Nach der Bescherung schenkte sich Rapunzel einen Whisky ein, während ihre Mutter in der Küche die Gans aus dem Ofen holte. Das Geschenk ihrer Mutter war ein Bildband mit Foto-Porträts großer Frauen gewesen, Golda Meir, Susan Sontag, Evita Peron, na ja. Das ging gerade noch so, es war höchstens eine indirekte Anspielung. Immerhin interessierte sich Rapunzel nachweislich für Fotografie.

Tobias war nach der Bescherung sofort wieder in sein Zimmer gegangen.

»Dass ihr dieses Verhalten zulasst«, sagte Rainers Mutter. »Wenigstens an Weihnachten kann der Junge doch mal bei seiner Familie sein.«

»Das mit den Computern ist eine Sucht«, sagte Rainers Vater. »Genau wie Alkoholismus.«

»Oder wie Rauchen, Opa«, sagte Vinzenz. Rainers Vater rauchte, als Einziger. Rainer und Gudrun hatten vor zwei Jahren aufgehört.

»Rauchen ist gut fürs Gehirn«, sagte Rainers Vater.

»Computer auch«, sagte Vinzenz. »Macht aber keinen Krebs.«

»Wo ist eigentlich Tobias?«, fragte Rainers Vater.

»Du musst mehr rauchen, Opa«, sagte Vinzenz. »Dann geht deine Vergesslichkeit vielleicht wieder weg.«

»Ich kenne keinen einzigen Hundertjährigen, der nicht raucht«, sagte Rainers Mutter. »Jopi Heesters hat auch geraucht. Ab achtzig wirkt Rauchen lebensverlängernd.«

»Jetzt lasst mal den Opa in Ruhe«, sagte Gudrun. »Der Tobias kommt bestimmt gleich wieder.«

»Wenn man vier Kinder hat«, sagte Rainers Mutter, »dann ist halt immer ein Problemfall dabei.«

Rainers Mutter zerteilte die Gans. Ihre Hände waren noch okay. Rainer konnte so etwas nicht. Rapunzel schenkte sich ein Glas Rotwein ein. Rainer bat auch um Wein, obwohl er keine Lust auf Wein hatte. Er wollte ein bisschen den Druck wegnehmen von Rapunzel.

»Du trinkst nur, um uns zu provozieren«, sagte Rainers Mutter trotzdem. »Und um dich von deinen Problemen abzulenken. Stell dich mal lieber deinen Problemen.«

»Ich trinke ein Glas Wein. Das wird man wohl dürfen«, sagte Rapunzel.

»Vorher hast du schon Whisky getrunken«, sagte Nora.

»Ja, ein Glas«, sagte Rapunzel.

»Nein. Drei Gläser«, sagte Rainers Vater.

»Das stimmt nicht, Papa«, sagte Gudrun. »Es war wirklich nur eines.«

»Schlimmer kann die Überwachung bei euch in der DDR auch nicht gewesen sein«, sagte Rapunzel. Gudrun stammte aus Rostock.

»Was soll das, Rapunzel«, sagte Rainer. »Gudruns Familie war im Widerstand, in der Kirche, deine Bemerkung ist unpassend.«

»Wenn du noch einmal den bescheuerten Spitznamen Rapunzel verwendest«, sagte Rapunzel, »dann gehe ich. Ich heiße Rieke und bin keine bescheuerte Zwölfjährige mehr.«

»Ich bin zwölf«, sagte Sarah.

»Nein, bist du wirklich schon zwölf, Nora?«, fragte Rainers Vater. »So ein großes Mädchen!«

»Ich bin nicht die Nora«, sagte Sarah. »Ich bin die Sarah.«

»Bei so vielen Kindern kann schon mal was durcheinandergehen«, sagte Rainers Mutter.

Die Gans war zerteilt und lag jetzt in mittelgroßen Portionen auf den Tellern. Rapunzel fasste ihr Stück Fleisch mit zwei Gabeln und legte es zurück auf die Platte.

»Das kann jemand anderes nehmen. Ich esse kein Fleisch mehr.«

»Damit kommst du jetzt?«, sagte Rainer. »Du hast immer Fleisch gegessen.«

»Macht doch nichts«, sagte Gudrun. »Magst du vielleicht ein bisschen mehr Rosenkohl?«

»Sie will nur provozieren«, sagte Rainers Mutter. »Warte

einfach zehn Minuten, dann isst sie die Gans. Als Kind war sie auch so.«

»Habt ihr keine Ahnung davon, wie diese Tiere gemästet werden? Die werden gefesselt, einer reißt ihnen den Schnabel auf, und dann wird mit einem Trichter Brei in sie hineingefüllt. Sie sehen niemals das Licht. Wenn sie geschlachtet werden, sind ungefähr dreißig Prozent von ihnen nicht mal betäubt. So etwas esst ihr.«

Rainer glaubte zu wissen, dass die Sache mit dem Brei und dem Trichter nur bei Gänsen gemacht wird, aus denen man Stopfleber gewinnt. Ganz sicher war er nicht. Definitiv aber wurden Gänse nicht in Dunkelheit gehalten.

»Es ist eine Biogans, Rieke«, sagte Gudrun. »Da achten wir schon drauf.«

»Bio ist der größte Betrug überhaupt«, sagte Rapunzel. Sie schüttelte ihre Mähne und leerte ihr Glas.

»Musst du unbedingt den anderen den Appetit verderben?«, fragte Rainer.

»Das kommt vom Alkohol«, sagte Rainers Mutter. »Kuck dir ihre Pupillen an. Dann weißt du Bescheid.«

»Eine Freundin von mir hat über Geflügelmästung einen Aufsatz geschrieben«, sagte Rapunzel. »Und dann solltet ihr mal das Buch *Tiere essen* lesen, oder das Buch von Karen Duve, das ist auch gut.«

»Damit musst du unbedingt jetzt kommen, in genau diesem Augenblick, ja?«, fragte Rainer. »Greift zu. Es wird sonst alles kalt.«

»Wann dürfen wir deine Freundin denn mal kennenlernen?«, fragte Rainers Mutter. »Ich bin sehr froh, Rieke,

85

dass du jemanden gefunden hast. Da spreche ich auch im Namen deines Vaters. Lange genug hat es ja gedauert.«

»Barbara ist nicht meine Freundin, sondern eine Freundin. Freundin im Sinne von Freundin. Nicht im Sinne von sonst was.«

»Ach, Enkelkinder haben wir sowieso genug«, sagte Rainers Vater. »Und dass wir sehr tolerant sind, weißt du hoffentlich.«

»Ich bin asexuell«, sagte Rapunzel. »Wie Lagerfeld.«

»Lagerfeld ist schwul«, sagte Vinzenz.

»Also, guten Appetit, alle miteinander!«, sagte Gudrun und schnitt ein Stück von ihrem Gänserücken ab. Die Brust und die Keulen hatte sie an die anderen verteilt.

»Was heißt asexuell?«, fragte Nora.

»Asexuell heißt, dass man sich dem Sexismus und der Pornographisierung der Gesellschaft verweigert«, sagte Rapunzel.

»Ist so etwas wirklich ein Thema für Kinder?«, fragte Rainer. »Ausgerechnet an Weihnachten?«

»Wenn ihr eure Kinder immer noch nicht aufgeklärt habt, dann tut ihr mir wirklich leid.«

Nora sagte: »Ich weiß, was Pornofisierung ist. Tobias kuckt so was.«

»Es ist doch Weihnachten«, sagte Rainers Vater. »Heiligabend, oder? Seid friedlich.«

Gudrun starrte ihn an. Fassungslos. Rainers Vater hatte sich eine Zigarette angezündet, Marke HB, und schnippte die Asche in den noch leeren Salatteller.

»Papa, du, das wollen wir wirklich nicht. Ehrlich. Schon wegen der Kinder.«

»Dein Schwiegervater vergisst manchmal etwas«, sagte Rainers Mutter. »Er geht auf die Hundert zu. Du musst nicht in diesem Ton mit ihm sprechen. Dauernd hackst du auf ihm herum. Seit Jahren schon.«

»Was soll an Gudruns Ton denn falsch sein?«, fragte Rainer.

In diesem Augenblick klingelte es an der Tür. Gudrun stand auf. Rainer begleitete sie. Wer, um Himmels willen, klingelte am Heiligen Abend um neunzehn Uhr unangemeldet an der Haustür?

Rainer erinnerte sich, etwas über eine Mordserie gelesen zu haben. Der sogenannte Weihnachtsmörder. Er schlug immer am Heiligen Abend zu.

»Warte mal kurz«, sagte Rainer zu Gudrun. Dann holte er aus dem Werkzeugkasten im Wohnzimmerschrank die große Rohrzange. Besser als gar nichts.

Sie schauten beide durch den Spion in der Tür. Es war ein Paar. Der Mann, etwa fünfzig, trug Anzug, etwas zerknittert allerdings, und Krawatte. Keinen Mantel. Er war auffällig blass. Die Zeugen Jehovas vielleicht? Um diese Zeit? Der Mann kam ihm allerdings irgendwie bekannt vor. Er hatte diesen Mann schon einmal gesehen, garantiert. Die Frau war jünger, breitschultrig und trug ein helles Etuikleid mit silbrigem Mantel darüber. Irgendwie erinnerte sie an diese Schwimmerin, Franziska van Almsick.

Gudrun schob die Kette vor, zur Sicherheit, und öffnete die Tür einen Spaltbreit. Die Frau lächelte. Ihr Lächeln wirkte sympathisch. Dann sprach sie. Sie sprach relativ lange.

»Ich wünsche euch ein gesegnetes Weihnachtsfest. Ver-

zeiht die Störung. Erschreckt nicht. Der Heilige Abend ist
ein besonderer Abend. Die Tore des Himmels öffnen sich
ein wenig, und wir dürfen, nur heute, Kontakt mit den
Sterblichen aufnehmen. Meinen Namen werde ich euch
nicht nennen, vielleicht könnt ihr ihn erraten. Dieser
Mann hier, mein Begleiter, ist ein Sterblicher. Er wollte
heute etwas Wunderbares tun, etwas, das uns im Himmel
sehr gut gefallen hat. Er hat seinen Stolz und seine Scham
überwunden, aus Liebe. Er ist zu seinem Kind zurückge-
kehrt. Er wollte neu beginnen. Ein reuiger Sünder gefällt
uns besser als tausend Gerechte. Aber manchmal unter-
läuft uns ein Missgeschick. Wir haben euch Menschen
die Freiheit gegeben, wir können nicht alles steuern. Dieser Mann ist auf seinen Ledersohlen ausgerutscht und hat
sich den Hals gebrochen, bevor er sich mit seinem Kind
aussöhnen konnte. Deshalb haben wir beschlossen, dass
er eine zweite Chance bekommt.«

Es klang, als ob sie es auswendig gelernt hätte. Das
waren Verrückte, so viel stand fest. Gefährlich wirkten sie
nicht. Aber was heißt das schon?

»Lasst diesen Mann ein. Er wird versuchen, euch zu
versöhnen. Er bringt euch die Frohe Botschaft. Er kennt
die Liebe. Wenn es ihm gelingt, dass ihr einander verzeiht
und dass ihr gemeinsam ein Fest feiert, dann werden wir
ihm das Leben zurückgeben, dann wird er zu seinem
Kind zurückkehren und sich mit der Mutter seines Kindes versöhnen. Ihr aber werdet mit dem schönsten Weihnachtsfest eures Lebens beschenkt werden. Es ist eure
Entscheidung. Ihr seid frei.«

Rainer und Gudrun schauten sich an. »Nein, danke«,

sagte Gudrun. »Ich glaube, wir kaufen nichts.« Dann schloss sie die Tür.

Holz spürte, wie die Wärme langsam wieder aus seinem Körper wich. Der Engel, oder was immer dieses Geschöpf sein mochte, legte kurz die Hand auf seine Schulter.

»Es war ein Versuch«, sagte das Geschöpf. »Ich habe mich wirklich voll eingebracht. An mir hat's nicht gelegen.«

»Es war ein Spiel«, sagte Holz. »Ich dachte, Gott würfelt nicht, so heißt es doch immer.«

Träumte er? Oder passierte das wirklich?

»Denk mal nach, Holz. Der Zufall ist unsere Erfindung«, sagte das Geschöpf. »Wenn du es so nennen willst – ja, wir würfeln. Den Zufall haben wir erfunden, weil wir uns ungern langweilen. Ein allmächtiger Gott, auf so eine Idee können nur Menschen kommen. Allmacht ist was für Kontrollfreaks. Also dann. Man sieht sich.« Das Geschöpf verschwand.

Holz war wieder allein. Das alles war nur passiert, weil er, als er zu seiner Tochter ging, die guten Schuhe mit den Ledersohlen anhatte. Ohne die Ledersohlen wäre er nicht ausgerutscht, ohne Ledersohlen hätte er sich nicht den Hals gebrochen und wäre nicht in dieser miesen, existentialistischen Situation.

Er wusste nicht, wo er jetzt hinsollte. Falls er tot war, wofür nach Lage der Dinge einiges sprach, dann mussten die auf der anderen Seite seinen Transport übernehmen, wohin auch immer. Da drüben musste es auch Chauffeure geben. Holz stand im Garten, wandte sich nach links und sah ein Licht. Auf das Licht zugehen, nun, in seiner Lage war das vermutlich das einzig Richtige. So stand es seines Wissens auch in den Büchern von Elisabeth Kübler-Ross. Gehe immer auf das Licht zu.

Das Licht kam aus einem Fenster. Das Fenster stand offen. Holz sah einen Jungen, oder einen jungen Mann. Er rauchte.

»Ich habe mitgehört«, rief der junge Mann halblaut. »Sie sehen furchtbar aus. Wie ein Vampir. Was ist Ihnen passiert?«

»Womöglich bin ich ein Vampir«, sagte Holz. »Ich weiß es selbst nicht genau.«

»Wenn Sie wirklich ein Vampir sind, werden meine Schwestern voll auf sie abfahren«, sagte der junge Mann. »Warten Sie. Ich lasse Sie durch die Hintertür rein. Gehen Sie einfach weiter, ums Haus herum.«

An der Tür wartete er auf Holz. »Ich heiße Tobias und bin computersüchtig«, sagte der junge Mann. »Kommen Sie erst mal in mein Zimmer.«

»Angenehm, Holz«, sagte Holz. »Ich bin Minister.«

Das Zimmer von Tobias sah wirklich aus wie eine Drogenhöhle. Leere Chipstüten, leere Flaschen, Teller, in denen bereits der Schimmel wucherte, schmutzige Hemden und Unterhosen, auf dem Boden verstreut.

»Man muss Prioritäten setzen«, sagte Tobias, der Holz' Blick richtig gedeutet hatte. Rudimentäre kommunikative Fähigkeiten besaß er also noch. An der Wand hing ein einziges Poster. Es zeigte einen übergewichtigen älteren Mann mit ungepflegtem Bart, nicht gerade das, was man im Zimmer eines Zwanzigjährigen erwartet.

»Sloterdijk. Mein Lieblingsphilosoph«, sagte Tobias.

»Mehr Verwirrung wagen. Unglück muss man aushalten, es ist weniger schlimm als Elend. Die ganze Scheiße der letzten hundert Jahre geht darauf zurück, dass die Menschen das Paradies auf Erden verwirklichen wollen, statt sich mit dem Zufall und dem Unglück abzufinden und das Paradies den Religionen zu überlassen. Geile Texte, sollten Sie mal lesen.«

Dieser Tobias war ein interessanter Junge.

»Und jetzt?«, fragte Holz. Er spürte, wie das Leben langsam in ihn zurückfloss.

»Soweit ich das mitgekriegt habe, sind Sie eine Art Messias im Westentaschenformat. Ich schlage vor, Sie machen sich an die Arbeit. Meine Oma und meine Tante sind die härtesten Nüsse. Aber mein Vater ist auch eine Herausforderung.«

Das Geschenk

Max Tischler wachte gegen acht Uhr auf, obwohl er in der Nacht lange gearbeitet hatte. Bis drei, bis vier, er wusste es nicht mehr genau. Um Mitternacht hatte er eine Modafinil geschluckt. Früher konnte er mit einer Modafinil ewig weitermachen, da brauchte er praktisch überhaupt keinen Schlaf. Aber die Wirkung ließ allmählich nach. Jetzt glitt er trotz Pille irgendwann in diesen flachen, unruhigen Dämmerzustand, den er hasste. Wenn er Glück hatte, fand er sich morgens auf seiner Couch. Wenn er Pech hatte, war er am Schreibtisch weggekippt und spürte am folgenden Tag jeden einzelnen Knochen.

Das Dumme war, dass er sich beim Aufwachen wieder einmal genau an seinen Traum erinnern konnte. Meistens träumte er das Gleiche. Er fiel, er stürzte, von einer Brücke, von einem Dach, von irgendwas, und der Sturz hörte überhaupt nicht mehr auf, er fiel in eine Unendlichkeit hinein, er fiel, bis er aufwachte und ins Bad kroch, um zu kotzen. Danach fühlte er sich besser und warf die Kaffeemaschine an.

Tischler überlegte, dass er zum Yoga gehen könnte, um zehn fing immer ein Kurs an. Er war schon dabei, sein Zeug zusammenzupacken, als ihm einfiel, dass heute Weihnachten war. Da hatte das Studio sicher geschlossen. Umso besser. Es war vernünftiger, weiterzuarbeiten und das Projekt endlich abzuschließen.

Der Text musste nach den Feiertagen unbedingt fertig sein, das war seine allerletzte Deadline. Zehntausend Zeichen für ein neues Magazin, das sich den Schönheiten des Landlebens widmete. Landleben war der große Bringer, neuerdings. In seinem Text ging es darum, Blumenkübel selber zu töpfern, zu bemalen, zu glasieren, das war gar nicht so schwierig und ein super Thema für die Winterzeit, wenn der fleißige Landmensch draußen nichts zu tun findet. Tischler hatte ein paar Interviews geführt und blickte inzwischen halbwegs durch. Das Thema interessierte ihn nicht. Daran, über uninteressantes Zeug zu schreiben, war er gewöhnt. Wählerisch zu sein, konnte er sich nicht leisten. Der Text brachte tausend Euro, zwei Tage Recherche, zwei bis drei Tage Schreiben, schon okay.

Er wäre auch rechtzeitig fertig geworden, normalerweise. Vor ein paar Tagen hatte allerdings Gabriel angerufen, von der Talkshow, für die Tischler manchmal was machte, wenn jemand von deren regulären Leuten ausfiel, er war so eine Art Backup für die. Er recherchierte ein paar Hintergründe über die Gäste, führte Vorgespräche, ließ sich Fragen einfallen. Ganz nett eigentlich. Aber es war klar, dass er auf Abruf bereitstehen musste, ein Backup muss bereitstehen, andernfalls würde Gabriel einfach nicht mehr anrufen. Man wurde niemals gefeuert, das gab es in solchen Jobs nicht. Sie riefen einfach nicht mehr an, fertig.

Nach zwei Stunden am Schreibtisch hatte Tischler fünf Zeilen geschrieben und auf Facebook ein Foto seines Schreibtischs gepostet, mit drei halb vollen Kaffeetassen und einigen angebissenen süßen Stückchen in unterschiedlichen Stadien des Niedergangs. Auf Facebook war nicht viel los. Er duschte, was er lange nicht mehr getan hatte, und ging auf die Straße. Schnee. Er hatte gar nicht gemerkt, dass es schneite. Und jetzt kam sogar die Sonne raus. Tischler lief ein bisschen herum, manchmal brachte ihn das auf Touren. Manchmal deprimierte es ihn auch.

Die Leute wuselten eilig herum und schleppten Tüten. Der Tatsache, dass heute Weihnachten war, musste er ins Auge sehen. Der Abend würde kommen, das war sicher. Der Horrorabend Nummer eins im Jahreslauf. Tischler kaufte einen kleinen Adventskranz, im Preis herabgesetzt. Er mochte diesen Weihnachtskitsch eigentlich ganz gern, das hatte es zu Hause immer gegeben. Hätte er doch zu seinen Eltern fahren sollen? Mit Mitte dreißig, allein, als altes Kind, zu den Eltern fahren, sich die vorsichtig forschenden Fragen anhören, die man sich selber oft genug stellt und die man deswegen nicht von anderen hören will, eine Bilderbuchschwester mit ihren Bilderbuchkindern bewundern – nein, sorry, unmöglich, das vergangene Jahr hatte gereicht.

Tischler machte sich keine Illusionen. Er hatte alle Züge verpasst. Als sie ihm vor fünf Jahren eine Redakteursstelle angeboten hatten, in einem Societyblatt, Prominente und ihre kleinen, beschissenen Sorgen, da hatte er abgelehnt. Er dachte, dass sicher noch etwas Besseres kommt. Er war kein Dummkopf. Er konnte denken, verdammt noch mal.

Es kam aber nichts. Er war kein Dummkopf, aber ein Genie, um das alle sich reißen, war er leider auch nicht. Jetzt arbeitete er sechzig Stunden in der Woche, immer auf Abruf, meistens über Themen, die den richtig guten Leuten nicht sexy genug waren, und sein Privatleben war nicht der Rede wert. Er hatte nie Zeit. Und wenn er Zeit hatte, ging es ihm mies. Seine sexuelle Ausstrahlung lag nur knapp über der Nachweisgrenze. Tischlers jugendlicher Charme war irgendwann gegen ein Riff gefahren und gesunken, den genauen Ort und den Zeitpunkt dieser Katastrophe kannte er nicht. Die alten Freunde lebten ein anderes Leben, die neuen Freunde posteten auf Facebook Erfolgsmeldungen, die er meistens als verlogen durchschaute. Wo sollte das alles eigentlich hinführen?

Tischler spürte eine leichte Übelkeit, die ihn in letzter Zeit häufiger überfiel, er lehnte sich gegen eine Wand. Jetzt wurde ihm auch noch schwindlig. Ich bin am Arsch, dachte Tischler. Ich bin wirklich total am Arsch. Das wird nichts mehr.

Am Helmholtzplatz sah Tischler einen Mann, der auf einer Parkbank saß und in einem Plastikbeutel kramte. Das schien ihm der Richtige zu sein. Eine gewisse Ähnlichkeit war da. Das Alter stimmte ebenfalls. Tischler setzte sich neben ihn. Der Mann schaute auf. »Haben Sie eigentlich heute Abend schon was vor?«, fragte Tischler.

»Ist das eine Einladung?«, fragte der Mann zurück. »Nein, ich habe nichts Besonderes vor. Ich wusste gar nicht, dass man mir das ansieht. Ihr Angebot ist sehr nett, aber danke, nein. Ich bin nicht gern mit Fremden zusammen. Ich bin nicht gesellig.«

Er hatte einen leichten Akzent, vielleicht etwas Slawisches. Er klang gut – intelligent, unaggressiv, ein angenehmer Typ höchstwahrscheinlich. Nüchtern schien er auch zu sein. Volltreffer, dachte Tischler.

»Ich will Sie nicht einladen«, sagte Tischler. »Ich möchte Ihnen mein Leben schenken. Irgendwie brauche ich das nicht mehr.«

Tischler erklärte seinen Plan. Er würde dem Mann seine Wohnungsschlüssel geben, seine Ausweise, die Kreditkarte und sämtliche Passwörter, auch für das Internetbanking. Viel Geld war nicht vorhanden, aber für zwei, drei Monate konnte es reichen. Er kommunizierte fast nur übers Netz, der Tausch würde erst einmal nicht auffallen. Es gab auch noch ein paar offene Aufträge, die Details standen in dem Notizbuch, das er dem Mann geben würde. Einfache Texte, mit ein bisschen Talent war das machbar.

»Warum wollen Sie sich denn gleich umbringen«, sagte der Mann. »Kommen Sie, lassen Sie sich nicht so hängen. Wissen Sie was, ich gebe Ihnen einen aus. Gleich hier um die Ecke.«

Tischler sagte: »Ich will mich doch nicht umbringen. Ich lebe gern. Ich will nur die Reset-Taste drücken, verstehen Sie.«

Der Mann hieß Grigori. Er hatte in Russland Informatik und Literatur studiert und lebte seit zehn Jahren in Deutschland. Am Anfang hatte er gekellnert, seit einigen Jahren reparierte er bei Privatleuten Computer, beseitigte Viren oder behob Softwareprobleme. Grigori lebte in einer Einzimmerwohnung in Hellersdorf.

»Ich glaube nicht, dass dir mein Leben mehr Spaß macht als deines«, sagte Grigori. »Und wenn du meine Wohnung siehst, kriegst du einen Schreck, das garantiere ich.«

»Ich rede nicht über einen Tausch«, sagte Tischler. »Es ist wirklich ein Geschenk. Heute ist Weihnachten. Da gibt es Geschenke. Meine Wohnung ist ganz hübsch. Das Schreiben kriegst du hin, glaube ich. Dein Deutsch ist nicht schlecht. Lass die Texte durch ein Korrekturprogramm laufen, bevor du sie abschickst.«

»Und was wird aus dir, Max? Was hast du vor?«

Tischler sagte, dass er noch einmal Geld abheben wolle, nicht viel, genug für ein Flugticket und ein, zwei Wochen. Er brauche nur den Ausweis von Grigori, ohne Ausweis kommt man nicht weit.

»Wenn dir dein Leben nicht gefällt«, sagte Grigori, »wieso sollte es dann mir gefallen? Du verschenkst etwas, das du hässlich findest, Max. Ich weiß wirklich nicht, ob ich dafür dankbar sein sollte.«

Tischler sagte, dass sein Leben, objektiv betrachtet, gar nicht so schlecht sei. Manche wären sicher neidisch darauf. Er verdiene relativ gut, er habe einen Namen, keinen großen, aber groß genug, um nicht ganz unterzugehen. Es sei nur nicht das Richtige für ihn, irgendetwas stimme nicht, und er sei müde, darüber nachzudenken, was es sei.

»Du musst dich verlieben, Max. Dann macht das Leben wieder Spaß.«

Tischler sagte, dass Unglück seiner Erfahrung nach auf potentielle Sexualpartner die gleiche Wirkung besitze wie ein schlechtes Parfüm.

»Wer beschenkt hier wen?«, sagte Grigori und lachte. »Na gut, dann lass uns jetzt über die Details reden. Danach entscheide ich.«

Es war später Nachmittag, als sie am Flughafen ankamen. Sie hatten einige Stunden lang in der Bar, gleich um die Ecke, über die Details gesprochen und waren beide ein wenig betrunken. Grigori sagte, dass man ein Geschenk auch ordentlich verpacken muss, das gehört sich so. Tischler verpackte seine wichtigsten Papiere in eine Serviette und platzierte das Geschenk in der Mitte des festlich leuchtenden Adventskranzes.

Der Flug, der am schnellsten zu kriegen war, ging nach Odessa. Dort arbeitete Tischler als Türsteher einer Nachtbar für Touristen, später als Kellner, wie Grigori in seiner ersten Zeit in Deutschland. Dass er, als Russe, nur sehr schlecht Russisch sprach, erklärte er damit, dass er von Deutschen als kleiner Junge adoptiert worden sei – die Adoptiveltern hätten aber vergessen, ihm einen deutschen Pass zu besorgen. In Russland sind die Leute daran gewöhnt, absurde Geschichten zu glauben. Ein paar Monate später flog er nach Costa Rica, weil ihm der Name des Landes gefiel. Er wurde Tauchlehrer und eröffnete mit der Frau, die er dort kennengelernt hatte, ein kleines Strandhotel.

In den folgenden Jahren las er hin und wieder seinen Namen in internationalen Magazinen. Max Tischler war inzwischen eine Berühmtheit, auf Fotos war zu erkennen, dass Max Tischler und er sich immer noch ziemlich ähnlich sahen. Manchmal glaubte er, eine leichte Traurigkeit auf dem Fotogesicht zu erkennen – aber, wer weiß, viel-

leicht war das nur eine Projektion. Grigori war vermut-
lich ein ganz anderer Mensch als er. Und jedes Jahr am
Heiligen Abend stieß er mit seiner Freundin und seinen
Freunden auf den Menschen an, dem er, vor langer, langer
Zeit, zu Weihnachten sein Leben geschenkt hatte. Seinen
Erlöser.

Das Fest, etwas später

Rainers Vater hatte beschlossen, dass es höchste Zeit war für eine gute Zigarre. Eine gute Zigarre, und schon sieht das Leben anders aus. Nachdem er seine Zigarette ausgedrückt hatte, was Gudrun mit einem dankbaren Kopfnicken zur Kenntnis nahm, befreite er die Zigarre von der Plastikfolie, in die sie eingewickelt war, schnitt mit seinem zum Glück noch unbenutzten Messer ein kleines Stück vom Ende der Zigarre ab und begann mit der Prozedur des Anzündens. Das war für ihn immer der schönste Moment beim Zigarrerauchen. Wenn die ersten Wölkchen hochsteigen, wenn der würzige Duft sich langsam im Zimmer verbreitet, viel angenehmer als Zigarettenqualm, das gab er gern zu.

Das Ding zog allerdings nicht gut. Womöglich war der Tabak zu trocken. Ein Humidor, in dem Zigarren immer schön feucht und wohltemperiert bleiben, das wäre mal ein Geschenk, über das er sich wirklich freuen würde. Warum war eigentlich nie eines seiner Kinder auf diese Idee gekommen?

Gudrun starrte ihn an. Dann riss sie ihm die Zigarre aus dem Mund. Sie hatte rote Flecken im Gesicht. »Papa«, schrie Gudrun, »das kannst du echt nicht machen.« Rainers Vater mochte es nicht, wenn man ihn »Papa« nannte. Aber er schwieg, um des lieben Friedens willen.

Rainers Mutter dagegen sagte: »Wie wäre es, wenn du deinen Schwiegervater mit seinem Namen anreden würdest? Oder hast du den vergessen?«

Gudrun sagte: »Siehst du denn nicht, dass er versucht, eines von den Grissini zu rauchen? Rainer, tu doch was!«

Rainers Vater bemerkte, dass er tatsächlich eines dieser länglichen, hellbraunen Knabberstäbchen in der Hand hielt, die er sich aus dem Glas in der Mitte des Tisches herausgefischt haben musste, in einem unkonzentrierten Moment. Das eine Ende des Stäbchens war schwarz vom Ruß des Feuerzeugs, er selbst saugte und lutschte am anderen Ende. Die Dinger stammten aus Italien, es gab einen italienischen Namen dafür, der ihm nicht einfallen wollte, irgendwas mit G. »Ich sehe ein G«, sagte Rainers Vater.

Jemand nahm ihm das Stäbchen aus der Hand. Alle redeten durcheinander. Da bekam er sowieso nichts mit.

Rainers Vater dachte über seinen Namen nach. Na, den kannte er immerhin noch. Er hatte zwei Vornamen, Heinrich und Tobias. Einer seiner Enkel hieß, wie er sich dunkel erinnerte, genauso. Sein eigener Rufname war aber Heinrich, oder, für alte Freunde, Hein. Das wusste er genau. Wieso hieß sein Enkel dann nicht Heinrich? Kein Mensch hatte Rainers Vater jemals »Tobias« genannt. Tobias klang schicker und moderner als Heinrich, das war der Grund. Ihm hatten sie erzählt, dass der Enkel nach ihm benannt wird, und erwarteten Dankbarkeit oder Rührung. Aber den Mut, das Kind »Heinrich« zu nennen, diesen Mut besaßen sie nicht.

Rainers Vater nahm die Rotweinflasche und schenkte, mit leicht zitternder Hand, seiner Tochter ein wenig nach. Rieke. Stammte der Spitzname Rapunzel von ihm, war er das gewesen? Er erinnerte sich nicht mehr. Jetzt bin ich so alt, dachte Riekes Vater, ich könnte in meinen Erinnerungen leben, ich habe doch ganz bestimmt viel erlebt. Aber die Erinnerungen sind weg. Nein, nicht direkt weg. Ich habe keine Kontrolle über sie, die kommen und gehen, wie sie wollen. Wenn ich mich an etwas Bestimmtes erinnern will, Fehlanzeige. Wenn ich aber im Hier und Jetzt etwas Bestimmtes tun möchte, dann hängen sich die Erinnerungen plötzlich wie kleine Kobolde an meine Rockschöße, dann zwitschern und tuscheln die und lassen mich zu keinem klaren Gedanken kommen mit ihrem Getuschel.

Ein Mann kam die Treppe herunter, ein Mann im Anzug, in teuren Schuhen. Tobias war bei ihm. Gudrun sprang auf, was machen Sie hier, wo kommen Sie her, Hände weg von meinem Sohn, Sie wollen wir hier nicht haben. Rainer legte den Arm um Gudrun. Rapunzel leerte ihr Glas, zupfte ihre Federboa zurecht und fragte: »Was verschafft uns die Ehre, großer Meister?«

Der Mann sagte: »Ich heiße Holz. Ich bin in einer schwierigen Situation und brauche Hilfe.«

Dann erzählte er eine Geschichte, von der Rainers Vater nur Bruchstücke mitbekam. Im Kern lief es wohl darauf hinaus, dass sie sich vertragen sollten und dass ab sofort Weihnachtsfrieden herrschen soll. Dies sei seine Mission,

und wenn er diese Mission erfülle, dann werde er zur Belohnung seine Tochter wiedersehen und auch eine Art Familie bekommen. Es klinge verrückt, aber sie sollten ihm bitte trotzdem glauben, weil heute Weihnachten sei.

»Den Trick kenne ich von den Typen, die an der Haustür für Zeitschriftenabos werben«, sagte Rapunzel. »Abonnieren Sie für ein Jahr das *Goldene Blatt*, und ich darf zur Belohnung in Yale Philosophie studieren.«

»Vielleicht ist er ein Engel«, sagte Sarah.

»Oder ein Alien«, sagte Vinzenz.

»Er ist eher eine Art Blauhelmsoldat«, sagte Tobias. »Friedensmission in Krisengebieten.«

»Wir verstehen uns bestens«, sagte Rainers Mutter. »Es könnte alles noch besser sein, wenn meine Schwiegertochter nicht ständig für Unruhe sorgen würde. Und wenn Rapunzel ein bisschen offener wäre. Ich bin ihre Mutter. Mit mir kann sie über alles reden.«

Rainers Vater war sich nicht sicher, ob das, was er sah und hörte, Wirklichkeit war oder eine seiner Erinnerungen, die sich selbständig gemacht hatte und mit ihm spielte wie Wellen mit einem Stück Holz. Hatte er so etwas schon einmal erlebt? Immer, wenn etwas Besonderes passierte, dachte er, dass er genau dies schon einmal erlebt hatte. Aber er kam nie darauf, wann und wo es gewesen sein könnte.

Die anderen redeten. Der Besucher, dessen Namen Rainers Vater vergessen hatte, stellte Fragen, er war sehr höflich. Die Antworten fielen mal länger, mal kürzer aus. Rapunzel lachte und wedelte mit der Federboa. Rainer stand auf und setzte sich wieder. Der Besucher versuchte zu vermitteln, offenbar tat er das mit einem gewissen Geschick. Der machte so etwas bestimmt nicht zum ersten Mal. Der war in seinem Element.

Rainers Vater spürte leichte Betrunkenheit, nach einem einzigen Glas, so ist das im Alter. Er sagte: »Ach so.« Warum gerade diese Worte? Die waren doch sinnlos. In seinem Kopf drehte es sich, in seinen Füßen kribbelte es. Rainers Vater wollte sagen, dass er müde sei, aber seine Zunge gehorchte ihm nicht. Er wusste, dass er seinen Mund geöffnet hatte und dass seine Zunge versuchte, den Satz »Ich leg mich mal kurz hin« zu formen, aber da kam nichts. Rainers Vater tastete nach den Zigaretten, aber die Hand hatte ebenfalls beschlossen, seine Kommandos zu ignorieren. Links? Die linke Hand schien etwas zugänglicher zu sein für Wünsche. Rainers Vater holte mit der linken Hand die Packung aus der Tasche und legte sie vorsichtig auf den Tisch. Der Besucher griff danach, schüttelte die Packung, bis eine Zigarette halb herausschaute, und bot sie Rainers Vater an. Der beugte sich nach vorn und zog die Zigarette mit dem Mund heraus. Dabei zwinkerte er dem Besucher zu. Der Besucher gab ihm Feuer.

Rainers Vater erinnerte sich daran, wie er auf Riekes Fuß, da lernte sie gerade das Laufen, einmal ein Pflaster geklebt und die winzig kleinen Zehen geküsst hatte, und daran, wie er seiner Frau in der Hochzeitsnacht den Büstenhalter ausgezogen hatte, und daran, wie es sich anfühlte, auf warmem Sand zu liegen. Er erinnerte sich an den brennenden Panzer, aus dem er in letzter Sekunde herausgeklettert war, und an den Weihnachtsabend, an dem er Rainer die von ihm, seinem vielbeschäftigten Vater, gebastelte

Ritterburg geschenkt hatte, und an das Gartenfest bis um drei Uhr morgens, und an die Frau, die er zwei Jahre lang heimlich getroffen hatte, und an die Maibowle, sogar an die Maibowle, die er im Jahre 1955, 18. Mai, in ihrer Gartenlaube gemixt hatte, konnte er sich so genau erinnern, als ob sie in diesem Moment vor ihm stünde. Das alles war da, mehr noch, die Erinnerungen gehorchten ihm endlich wieder, er konnte sie ganz nah heranholen oder wieder in den Hintergrund treten lassen, gleichzeitig, nacheinander, ganz nach Belieben, er konnte in seinen Erinnerungen spazieren gehen wie in einem Park. Das war schön. Das war fast alles sehr schön gewesen. Rainers Vater wollte noch einmal »Ach so« sagen, diesmal mit Überzeugung und aus vollstem Herzen, aber er merkte, dass es nicht ging. Er lag auf dem Boden. Und während er noch staunte über das, was ihm widerfahren war, über sein Glück, das ihn so weit geführt hatte, bis hierher, zog eine unbekannte Macht langsam den Vorhang zu.

»Sie liegen sich alle in den Armen«, sagte Holz zu der Frau im Etuikleid, die ihn an Gudruns und Rainers Haustür abholte. »Sämtliche Konflikte sind vergessen. Ich melde vollen Erfolg.«

Die Frau lächelte maliziös. »Könnte es sein, dass da jemand ein bisschen gemogelt hat, Herr Politiker? Ein Todesfall schweißt Menschen zusammen. Schon klar.«

»Ich habe den alten Herrn nicht umgebracht. Wenn jemand für diese Dinge zuständig ist, dann doch wohl ihr. Irgendjemand in eurer Firma scheint beschlossen zu haben, dass ich ein bisschen, sagen wir, Schützenhilfe verdient habe.«

»Schon wieder Oberwasser, Holz? Denken Sie daran, wenn Sie zurückkommen, dann als Lebender. Sogar die Mutter Ihrer Tochter hatte ein paar positive Gefühle für Sie, als Sie als steif gefrorene Leiche vor ihr lagen. Der warme, gut durchblutete Minister Holz wird es bei ihr schwerer haben.«

Die Frau schien eher amüsiert zu sein, nicht wirklich verärgert. »Sie haben bei uns jedenfalls eine Lobby«, sagte sie. »Wir vom mittleren Management können nicht immer nachvollziehen, was die da oben umtreibt. So viele sympathische Typen beißen ins Gras, und kein Hahn kräht danach. Sie haben bestenfalls ein, zwei gute Momente gehabt und kriegen die zweite Chance. Echte Gerechtigkeit gibt's nur in der Hölle. Also los, hopp, hopp, zurück in die Eifel. Wir setzen wieder ein in dem Moment, in dem Sie zu Ihrer Tochter loslaufen, durch den Schnee. Ihr Gedächtnis an die Vorfälle gerade eben wird selbstverständlich gelöscht. In Ihrer Todesstunde dürfen Sie sich meinetwegen an mich erinnern, viel Spaß dabei. Wir sorgen dafür, dass Ihre Schuhe rutschfeste Sohlen bekommen. Bedanken Sie sich nicht, ich mache nur meinen Job.«

Bevor Holz die Sinne schwanden, sagte die Frau: »Für Sie geht die Geschichte erst mal gut aus, Holz. Was die Menschheit insgesamt betrifft, bin ich da nicht so sicher. Schon mal was vom Weihnachtsmörder gehört?«

Der Weihnachtsmörder, Teil zwei

Schon so spät? Um fünfzehn Uhr schließen sie heute. Eine Viertelstunde haben wir noch, das reicht, um meine Geschichte zu Ende zu erzählen. Bestellen Sie noch eine heiße Schokolade. Es ist keine der üblichen Geschichten, das haben Sie ja schon gemerkt, nichts mit Rentieren, Chorgesang und pausbackigen Engeln. An Weihnachten passieren die komischsten Sachen.

Als ich erwischt wurde, hatte ich gerade einen abgehalfterten Punkrocker mit dem geschredderten Inhalt seiner CD-Sammlung ausgestopft und neben den Baum gesetzt. Neben ihm saß seine Lebensgefährtin, eine fünfundzwanzigjährige Ex-Tabledance-Weltmeisterin aus Puerto Rico. Die zwei sahen aus, als ob sie noch lebten. Er hatte sogar seine Gitarre in der Hand, wahrscheinlich hielt er sie zum ersten Mal richtig. Ihr habe ich Engelsflügel angeklebt. Man nennt das, glaube ich, Body Art. Körper als Material, Schockeffekte.

Ästhetisch habe ich mir nichts vorzuwerfen. Ich habe immer versucht, kreativ zu sein und auf der Höhe der Zeit. Ich bin auch nicht grausam. Gegen diesen Vorwurf wehre ich mich. Bei mir geht es für die Opfer immer ganz schnell. Wenn die eines natürlichen Todes gestorben wären, Krebs, Schlaganfall, dann hätten sie deutlich mehr Stress gehabt. Gut, ich habe ihnen ein paar Jahre gestohlen, aber Schmerz und Leid habe ich ihnen, unterm Strich, eher erspart. Ich finde, bei einem sogenannten Mord muss man eine Tatsache immer berücksichtigen: Die Leute sterben irgendwann sowieso. Ich tue also nichts, was unnatürlich oder widernatürlich wäre. Die Opfer erleiden keinen Nachteil, den sie, ohne mich, nicht ebenfalls erlitten hätten. Ich bin hundertprozentig bio.

Erfahrung ist immer hilfreich. Wenn Sie eines Tages mal ermordet werden sollten – seien Sie froh, wenn Sie an keinen Anfänger geraten. Oder, noch schlimmer, an einen Fanatiker. Kühl, sachlich, schnell in der Ausführung, verspielt und originell in der Präsentation der Ergebnisse. Das ist meine Philosophie.

Als ich am Tatort die letzten Details richtete, wusste ich schon: Das Haus ist umstellt. Ich hätte abhauen können. Ich verfüge über Möglichkeiten, von denen habt ihr keine Ahnung. Aber ich bin mit erhobenen Händen hinausgegangen, so, wie die es verlangt haben. Die Kommissarin war richtig glücklich. Das war endlich mal ein Mensch, den ich glücklich gemacht habe.

In der Vernehmung habe ich die Wahrheit gesagt. Ich lüge nie. Ich heiße Bernhard und bin der neue Messias. Ich bin ein Menschenfischer. Ich schicke Menschen mit der Eilpost ins Himmelreich. Und am Ende opfere ich mich für euch. An die Toten erinnert man sich. Jesus, Kennedy, John Lennon, Sid Vicious, ohne ihren Tod wären die alle doch nur halb so groß. Kein Kult ohne Tod, so einfach ist das.

Ihr opfert mich, oder ich opfere mich selbst, je nachdem, wie man es betrachtet. Und das rüttelt euch auf. Das macht euch nachdenklich.

Sie haben eine Anwältin geholt, die sagte, ich soll mir keine Sorgen machen, ich müsse nicht ins Gefängnis. Einen klareren Fall von Unzurechnungsfähigkeit habe es in der Rechtsgeschichte noch nicht gegeben. Ich habe geantwortet, dass es mich kränkt, für verrückt gehalten zu werden, und habe sie ins Himmelreich geschickt, das dauerte keine fünf Sekunden.

Von da an musste ich dicke Handschellen tragen und Fußfesseln. Das hat dem zweiten Anwalt aber auch nicht viel genützt. Sie haben mich in einen Käfig gesetzt, und Anwältin Nummer drei hat immer auf einige Meter Abstand geachtet. »Ich bin ein schwieriger Mandant«, habe ich zur Begrüßung gesagt. »Aber interessant!« Sie sagte, dass sie auch diesen Eindruck habe.

Von da an haben sie mich in der Presse »Hannibal Christmas« genannt. Schon vor dem ersten Verhandlungstag war die Verfilmung unter Dach und Fach. Ziemlich vordergründig, der Film, wenn Sie mich fragen. Der Regisseur wollte mit mir reden, aber nur über Video. Die Versicherung hat das verlangt. Ich sagte, dass er sich mal die Geschichte von Sodom und Gomorrha durchlesen soll, da haben wir zwei Städte komplett ausradiert, weil sie vom rechten Wege abgekommen waren. Im Vergleich dazu bin ich ein Waisenknabe. Im Grunde bin ich nicht viel mehr als ein brennender Dornbusch. Sogar wir da oben sind ein bisschen liberaler geworden im Strafvollzug.

Es kamen auch zwei, drei Pfarrer. Wahrlich, wahrlich, mit diesen Leuten ist schwer reden. Gott sei Liebe, ich würde die Frohe Botschaft falsch verstehen. Da antwortete ich, ja, stimmt, aber Liebe darf keine Einbahnstraße sein. Ich habe den beredsamsten Pfarrer, der auch der unvorsichtigste war, ins Himmelreich geschickt.

Der Prozess dauerte wochenlang, obwohl ich geständig war und kooperativ. Da wurde jeder einzelne Fall noch mal im Detail aufgedröselt. Was das bringen sollte, weiß ich nicht. Damit hat man die Angehörigen meiner Ansicht nach nur unnötig aufgewühlt. In meinem Schlusswort habe ich noch einmal darauf verwiesen, dass die Welt vom rechten Wege abgekommen ist und dass man sich aus der Weihnachtsgeschichte nicht immer nur die Rosinen rauspicken darf. Ich sei zur Welt gekommen, um die Sünden der Menschen auf mich zu nehmen, denen ich, um ein gewisses Problembewusstsein zu schaffen, ein paar weitere, im Gesamtkontext der Weltgeschichte völlig belanglose Sünden hinzugefügt hätte. Eine andere Wahl habe ich doch gar nicht gehabt. Wenn ich bloß Reden gehalten und ein paar Börsianer aus dem Börsentempel vertrieben hätte, dann hätten solche kleinen Normverstöße doch keinerlei Effekt gehabt.

Ich verlangte die Höchststrafe. Meine Anwältin, die ein bisschen Angst vor mir hatte, verlangte ebenfalls die Höchststrafe. Stattdessen wurde ich freigesprochen und in ein stark gesichertes Krankenhaus eingewiesen.

Seitdem bin ich viermal ausgebrochen, immer zu Weihnachten. Ich habe meine Richter ins Himmelreich geschickt, die psychiatrische Gutachterin, den Koch aus dem Untersuchungsgefängnis und zwei Kardinäle. Nur die Kommissarin habe ich in Ruhe gelassen, die hat ja nur ihre Pflicht getan.

Es ist aussichtslos. Jedes Mal, wenn ich mich am 27. Dezember stelle, weisen sie mich wieder ein. Dann ist die Tür jedes Mal etwas dicker und die Fenster sind noch stabiler vergittert, ich kriege noch stärkere Medikamente. Aber das nützt gar nichts, eher geht ein Kamel durch ein Nadelöhr, als dass ein Gitter mich aufhält. Die Idee, sich zu opfern für die Sünden der Menschheit, funktioniert nicht mehr. Klar, ich könnte mich selbst ins Himmelreich schicken. Aber das entspricht nicht meinem Auftrag und würde dem Sinn der ganzen Aktion völlig zuwiderlaufen. Ich mache weiter. Ich verlange die Höchststrafe. Tausend Jahre sind wie ein Tag, wissen Sie.

Ihr macht euch falsche Vorstellungen. Ihr stellt euch vor, dass wir anders sind als ihr. Besser. Perfekt. Eine idealisierte Version. Und dann macht ihr euch philosophische Gedanken darüber, warum eure Welt nicht perfekt ist. Warum lässt euer Schöpfer, wie immer ihr ihn im Einzelfall nennt, all diese Scheiße zu? Die Verkehrsstaus, die Verbrechen, jede Menge Versuchungen? Ist euch schon mal der Gedanke gekommen, dass wir einander ähnlich sind? Ihr schmeichelt euch doch selbst mit der Idee, dass ihr nach unserem Vorbild geschaffen seid.

Wir sind nicht gut, wir sind nicht böse, wir sind wie ihr. Wir tun unser Bestes. Wir schaffen euch Möglichkeiten. Wir mögen euch. Von uns kriegt ihr Wind unter die Flügel, solange ihr nicht zu sehr nervt. Aber ihr müsst wirklich auch ein bisschen mitmachen.

Ich bin nicht allwissend. Ob mein sogenannter Vater noch jemanden über sich hat oder ob er wirklich die letzte Instanz ist – das weiß ich nicht. Unsere Technik ist viel weiter entwickelt als eure. Nichts spricht dagegen, dass irgendwer über noch bessere Möglichkeiten verfügt, und dass wir genauso arme Würstchen sind wie ihr. Aber darüber machen wir uns selten Gedanken.

Mein sogenannter Bruder war ein Theoretiker. Der hat ein richtiges Gedankengebäude hinterlassen. Ich bin mehr der Tatmensch. Ich will Ergebnisse sehen. Na ja, offenbar bin ich das Gegenteil von ihm. Ich muss ziemlich krasse Dinge tun. Gut, dass meine liebe alte Mutter es nicht mehr erleben muss. Sie fehlt mir, aber ich gebe zu, es war rücksichtsvoll, diesmal eine alte Dame für einen solchen Job auszusuchen. Oft habe ich mich gefragt, was der Sinn von alldem sein soll. Mein Vater, mein Vater, warum hast du mich verlassen? Ich meine, die Erschaffung eines Mörders würden die Menschen doch auch aus eigener Kraft hinkriegen, die haben doch eine beträchtliche kriminelle Kompetenz. Andererseits, mein Bruder war sanft und freundlich, und es gibt ja auch jede Menge sanfte und freundliche Menschen. Der wäre auch nicht unbedingt nötig gewesen, so gesehen.

Ich muss dann mal los. Frohes Fest. Ich habe zu tun. Und wenn es später bei Ihnen an der Tür klingelt, mein Bester, dann machen Sie bloß nicht auf. Es sei denn, sie wollen ins Himmelreich.

Der Weihnachtsagent

Weihnachten, Sie wollen wissen, was ich an Weihnachten mache? Ich arbeite an Weihnachten. Ich bin Weihnachtsagent. Sagen Sie bloß, Sie haben noch nichts von den Weihnachtsagenten gehört. Die Zeitungen waren doch voll davon, vor ein paar Jahren, als das mit uns anfing. Na gut, ich erkläre es Ihnen.

Weihnachten ist ja heute ein schwieriges Fest geworden. Mit das schwierigste, würde ich sagen. Fest der Familie! Fest der Liebe! Da will man zusammen sein. Da will man Nähe. Da möchte man kuscheln und in gemeinsamen Erinnerungen rumwühlen. Nur, wer hat das heute schon? Fünfundsechzig Prozent Singles, fünfundsiebzig Prozent Einzelkinder, das sind die Zahlen hier in Berlin.

Eine Zeit lang sind die meisten Leute immer zu ihren Eltern gefahren, da haben dann irgendwann sechzigjährige Kinder bei den neunzigjährigen Eltern unterm Baum gesessen, allesamt alt wie ein Baum, und auf allen Köpfen schimmerte es weiß. Weiße Weihnacht! Aber dadurch, dass die Leute, wenn überhaupt, ihr Einzelkind heutzutage meistens erst in fortgeschrittenem Alter bekommen, wird das Feiern mit den Eltern immer schwieriger.

Unser kleines Büro liegt am Helmholtzplatz, rundherum sind nur Bars, Lofts und Lounges. Wir stellen für Weihnachten Familien zusammen. Sie kommen zu uns und sagen: Ich will an Heiligabend eine Ehefrau. Oder einen Ehemann. Soundso alt, Beruf, Aussehen, ich will drei Kinder, ich will eine liebe Oma, ich will fünf Schwestern und einen Onkel, der lustig ist und Klavier spielen kann. Kein Problem. Das haben wir im Computer. Wir gleichen die Familien charakterlich ab, damit es, zumindest sehr wahrscheinlich, keinen Streit gibt. Wir sorgen dafür, dass unsere Familie von den Essens- und Trinkgewohnheiten her zusammenpasst, im Bildungsniveau und in den politischen Ansichten, und dass es ein paar Parallelen in der Biografie gibt. Wenn die alle mal in Amerika studiert haben, alle ein bisschen phlegmatisch sind und alle Vegetarier, die gerne Scrabble spielen, das ist dann schon fast der Idealfall. So eine harmonische Familienweihnacht würden Sie, selbst wenn Sie tatsächlich noch eine Familie besitzen, auf natürliche Weise gar nicht hinbekommen. Das ist wie Skifahren in der Halle oder wie plastische Chirurgie, *bigger than life.*

Die Kinder sind natürlich am schwersten zu kriegen. Aber wir haben eine sehr gute Partneragentur in der Dominikanischen Republik. Die Kinder können alle mindestens »Mama«, »Papa«, »Jesuskind« und »Danke« sagen, dafür wird gesorgt. Sie können auch die totale Illusion buchen, dann schreibt uns ein namhafter Schriftsteller eine Familiengeschichte mit zahlreichen individuellen Details – zum Beispiel, wie sie ihren Partner damals kennengelernt haben, natürlich extrem romantisch, wo und

wann sie sich im Urlaub beim Wandern mal verirrt haben. Sie kriegen Beschreibungen von gemeinsamen alten Freunden, von überstandenen Krankheiten der Kinder, lauter Detailwissen, das man sich normalerweise in einer Partnerschaft erst mühsam erarbeiten muss. Wir pflanzen Ihnen das mit einem Chip ins Hirn, keine Angst, lokale Betäubung reicht. Einigen Kunden gefällt das so gut, dass die Paare auf dieser Basis noch ein paar Monate zusammenbleiben, manche feiern zusammen sogar noch ein zweites Weihnachten, das gibt es zum halben Preis. Spätestens dann trennen sie sich eigentlich immer, weil irgendwann halt doch die echte Persönlichkeit durchkommt, und dann sind sie desillusioniert.

Klar, es gibt auch Kritik. In der Presse stand über uns dieses abfällige Wort »One-Christmas-Stand«. Ich sage dann immer, ich erfülle ein Bedürfnis. Bedürfnisse sind nicht kritisierbar. Bitte sehr, feiern Sie halt mit Ihren Freunden, sofern die nicht gerade aus Karrieregründen in Dubai sind. Vielleicht haben Sie ja ein paar alte Freunde oder Bekannte, die Sie seit vier Jahren hin und wieder zum Essen treffen und die Sie sich zu »alten Freunden« schönschminken können. Wenn ihnen unsere Dienstleistung zu glatt und zu künstlich vorkommt – okay, wir können das auch ein bisschen aufrauen. Die Bioversion sozusagen, dann schicken wir Ihnen einen streitsüchtigen Onkel, der rechtsradikale Ansichten hat und starken Körpergeruch, mit dem wird es garantiert nicht langweilig. Aber keine Angst, das bleibt alles im Rahmen. Sie kriegen ein Codewort, sobald Sie das Codewort zu dem Onkel sagen, mäßigt er seine Ansichten und geht ins Bad, um sich ein frisches Hemd anzuziehen.

Wenn ich von unserer Filiale in Dubai komme, denke ich immer: Fantastisch, wie unser Berlin sich entwickelt hat. London ist nix dagegen. Berlin ist die jüngste und kreativste Stadt Europas, und eine der wirtschaftlich erfolgreichsten. Es wird natürlich trotzdem gemeckert. Das Paradies auf Erden ist Berlin sicher nicht. Die Alten leben fast alle alleine im Wedding, die Jungen leben alle alleine in Mitte, die Reichen leben alle alleine in Potsdam, da gibt es wenige Berührungspunkte und viel Einsamkeit, um nicht zu sagen traurige Schicksale. Deswegen gibt es ja die Weihnachtsagentur. Wir bringen die Menschen wenigstens einmal im Jahr zusammen. Zum Casten von unseren Omas und Opas bin ich manchmal im Wedding, der Wedding ist mit fünfundachtzig Prozent über Fünfundsechzigjährigen und davon achtundachtzig Prozent Singles eine internationale Sehenswürdigkeit geworden, das hängt mit den niedrigen Renten und den noch relativ niedrigen Mieten zusammen. Da fahren Busse mit arabischen Touristen durch, die filmen am liebsten die Parks und Sportplätze, wo lauter Neunzigjährige joggen, zusammen mit ihren Pflegern an den Mülltonnen grillen oder Volksmusik machen, das finden die Araber drollig. Leider werfen die Alten oft Steine nach den Bussen. Na, viel Power steckt zum Glück nicht dahinter. Der Wedding ist wie die frühere Bronx von New York, nur in alt.

Unsere Agentur ist 2025 gegründet worden, das heißt, es gibt uns schon ein Weilchen. Wir haben Routine, uns haut nichts um, da darf ruhig mal der Baum brennen oder die Biogans explodieren. Aber vor zwei Wochen ist definitiv etwas Seltsames passiert. Ein Mann kommt in die

Agentur, mittelalt, Bart, Brille, kleiner Bauch, Vollbild Lehrer, und sagt, dass er der Weihnachtsmann ist. Der echte. Er sagt, das geht so nicht weiter. Ob wir hier unten eigentlich denken würden, Gott sei senil und kriege nichts mehr mit. Weihnachten sei doch nur noch eine Farce. Keine echte Liebe. Simulierte Familien. Stress. Gott hätte beschlossen, Weihnachten abzuschaffen. Die Menschen würden Weihnachten einfach vergessen und stattdessen im Sommer ein neues Fest feiern, Einachten, ein Fest, bei dem jeder vierundzwanzig Stunden für sich alleine bleibt und eine ganze Nacht lang nur an sich selber, seine Befindlichkeit, seine Karriere, sein Image und seine Bedürfnisse denkt und sich feierlich einen lange gehegten Konsumwunsch erfüllt.

Ich sagte, wie öde, um Gottes willen. Der Weihnachtsmann sagte, ja, genau. Öde. Aber wir hätten noch eine Chance. Gott hätte beschlossen, dass er den Menschen das Fest der Liebe belässt, falls es gelingt, in einer modernen, hippen, superheißen, jungen Großstadt, also in Berlin, den wahren Geist der Weihnacht zu finden. »Sie sind mir empfohlen worden«, sagt der Typ. »Also, los, retten Sie Weihnachten.« Ich antworte, dass ich im Prinzip jede Dienstleistung im Zusammenhang mit Weihnachten anbiete, aber dass ich nicht genau verstehe, was er mit dem »wahren Geist der Weihnacht« meint. Wer oder was soll das denn sein?

Da geht's schon los, sagt der Typ. Finden Sie es heraus.

Nachwort

Elf dieser zwölf Geschichten sind neu, die zwölfte, letzte, habe ich schon vor ein paar Jahren geschrieben. Sie ist damals, zusammen mit Weihnachtsgeschichten anderer Autoren, in einem Sammelband erschienen. »Der Weihnachtsagent« war die erste Story jenes Bandes. Damit ging es los. Ich hatte Lust, mit dieser Tonlage zu experimentieren und ein Buch zu schreiben, in dem »Der Weihnachtsagent«, mit einer gewissen Logik, die letzte Geschichte sein muss.

Was reizt mich an Weihnachtsgeschichten? Die Fallhöhe, die sie ermöglichen. Humor, Schrecken, Dramatik jeglicher Art braucht Fallhöhe. Etwas kippt. Etwas stürzt herab, wenn Sie so wollen, vom Himmel zur Erde. Wenn eine Geschichte an Weihnachten spielt, ist die Fallhöhe von vornherein da. Weihnachten ist das sentimentalste Fest, das wir kennen, befrachtet mit einer Sehnsucht nach heiler Welt, deren Befriedigung die reale Welt sich leider häufig verweigert. Horror, Komik, Scheitern, das sind typische Aspekte des Weihnachtsfestes. Nicht zu vergessen: das Übernatürliche. Die Geister und Schatten.

Ich gestehe, dass ich beim Schreiben manchmal an

einen anderen Autor gedacht habe. Es gibt Autoren, die subtiler sind, aber ich bewundere seine nachtschwarze Phantasie. Manchmal habe ich mich gefragt: Wie würde eine Weihnachtsgeschichte klingen, wenn Stephen King sie schreibt?

Danke, Rudi Hurzlmeier, für die Bereitschaft, die kranken Ausgeburten meines verabscheuungswürdigen Gehirnes zu illustrieren. Danke, Rainer Wieland, dafür, dieses grenzwertige Machwerk zu lektorieren. Liebe Kollegen vom Verlag: Wenn ihr eines Tages in die Hölle kommt, dann sicher meinetwegen.

Frohes Fest.
Harald Martenstein